Der Pulverkopp
Metalldiebstahl in Nordhessen

AF205897

Der Pulverkopp

Metalldiebstahl in Nordhessen

Ein Kriminalroman

von Günther Miklitz

Bonn 2019

Impressum:

Autor: Günther Miklitz

Titel: Der Pulverkopp, Metalldiebstahl in Nordhessen

Erscheinungsort und -jahr: Bonn 2019, Kriminalroman

Inhalt: Aus der Fußgängerzone einer nordhessischen Kleinstadt wird die große Bronzestatue eines historischen Nachtwächters gestohlen. Ein Schrotthändler vom Balkan wird tot aufgefunden. Die Polizei ermittelt wegen Mordes und gegen Tatverdächtige des organisierten Metalldiebstahls in der Region. Privatdetektiv Dr. Kröger findet Spuren in der nordhessischen Kunstszene und gerät selbst in ein Kunstprojekt, das Studierende mit der Nachtwächterfigur realisieren.

Alle Personen in diesem Roman sind frei erfunden, Ähnlichkeiten mit lebenden oder verstorbenen Personen sind rein zufällig und vom Autor nicht beabsichtigt.

Herstellung und Verlag: BoD – Books on Demand, Norderstedt.

Inhalt

Personenverzeichnis

Dr. Willi Kröger, pensionierter Archäologe, freier Privatdetektiv

Susanna Kröger, Rechtsreferendarin und Tochter

Guido Walkner, Mitarbeiter der Detektei Fuchser

Stefan Starowitz, Oberst a.D. (DDR), Inhaber der Detektei Fuchser

Willi Rommegge, Datenfachmann und Namensforscher

Gerda Huveisen, Sekretärin im Stadtarchiv

Lydia Kranack, Kunststudentin (Wien)

Adam Zenn, Kunststudent (Kassel), gebürtig aus Siebenbürgen

Jerwin Euronescou, Schrotthändler aus Rumänien

Magda Morani, Lebensgefährtin des Schrotthändlers

Radu Logan, Gehilfe und Neffe des Schrotthändlers

Wolf Verding, Kriminalhauptkommissar

Jochen Bröhne, Polizeidirektor

Moritz Lecksus, Staatsanwalt

Kevin Drusche, Polizeimeister

1. Ein Telefonat

»Immer noch keine Spur von gestohlener Bronzefigur - Polizei ermittelt vergeblich gegen Metalldiebe in NRW« titelte die Lokalzeitung.

Der schon frühzeitig in Rente gegangene Archäologe Dr. Willi Kröger legte das Blatt mit einem leichten Seufzer vor sich auf den kleinen Küchentisch.

Es war ein diesiger Mittwochmorgen im September. Er stand auf, stellte das Teegeschirr auf die Spüle und wollte sich gerade fertigmachen, um seine bescheidene Zweizimmerwohnung im östlichen Viertel der nordhessischen Kreisstadt zu verlassen, als sein Telefon läutete.

»Guten Morgen Papa«, vernahm er die Stimme seiner einzigen Tochter.

»Hallo Susanne!« Er freute sich immer riesig, wenn sie anrief. »Meine Rechtsreferendarin«, nannte er sie - stolz und liebevoll zugleich. Dabei vergaß er immer wieder, sie bei ihrem korrekten Namen Susanna zu rufen. Er freute sich so sehr, weil er wieder die Gelegenheit hatte, etwas aus ihrem juristischen Ausbildungsalltag zu erfahren. Sie war zurzeit bei der Staatsanwaltschaft in Kassel.

»Was gibt 's? Ich wollte gerade in die Stadt gehen und mich mit meinem Kollegen

Walkner treffen. Danach bin ich im Stadtarchiv.«

»Na, dann will ich dich nicht aufhalten, Papa. Ich hab 'ne kurze Pause. Ich muss sowieso gleich wieder rein und an die Leiche. Wir sind zu viert, der Mediziner, mein Staatsanwalt und ein Kommissar der Kripo.«

»Nun mal langsam, Kind. Natürlich habe ich für dich Zeit. Was? Wohin gehst du? An eine Leiche?«

»Ja, genau. Der Staatsanwalt, dem ich jetzt auf meinem Ausbildungsabschnitt zugeteilt bin, hat mich zu einer Leichenöffnung mitgenommen - freiwillig natürlich. Da Kassel kein eigenes gerichtsmedizinisches Institut hat, werden die Obduktionen immer am Klinikum der Uni gemacht, und zwar in der dortigen Pathologie.«

»Und deshalb bist du jetzt im Kasseler Klinikum. Und du »besuchst« da eine Leiche?«

»Etwas gruselig, nicht?«, antwortete sie mit leicht keckem Unterton. »Wenn es dir nicht zu schlimm ist, erzähl ich dir schnell 'was.« -

»Nun schieß schon los, Susi!«

Papa Kröger konnte es kaum erwarten, was sie weiter berichten würde.

»Also, Papa, jetzt kriegst du endlich deine Leiche, damit aus deinem Kriminalroman 'was wird.«

»Susanne, nimm mich doch nicht auf den Arm! - Ja, mein Projekt `Kriminalroman´. Bis jetzt bin ich aber immer noch überwiegend meinem eigentlichen Hobby treu: Heimatkunde und Stadtarchiv, alles ehrenamtlich, versteht sich...«

»Ja, Papa, das Ehrenamtliche steht dir gut. Und der einzige Kriminalfall, über den du bisher geschrieben hast, handelt vom Tod eines mittelalterlichen Nachtwächters während der Schülerrebellion von 1589 am Landesgymnasium.«

Sie schwieg kurz und er fragte sich, ob sie das leicht ironisch meinte und ihn dafür kritisieren wollte, dass er sich in seinem Leben das Geldverdienen nie als erstes Ziel gesetzt hatte.

Er machte, als ob sie ihn sehen könnte, eine leicht wegwischende Handbewegung und wurde ungeduldig, denn er wollte jetzt mehr von ihr wissen: »Ja, ja, aber was ist denn nun mit deiner Leiche?«

»Nicht meine Leiche, Papa, sondern ein Fall der Mordkommission. - Also, wir drei, der Staatsanwalt Lecksus, Kriminalhauptkommisar Verding und ich kommen in der Pathologie an. Da stellt sich ein grauhaariger alter Mann vor, ein Mediziner von der Uni, pensionierter Professor - Personalmangel, du verstehst schon. Heutzutage legt der Staat die Arbeit auch in die Hände von Rentnern. Ein sehr freundlicher Herr.«

»Susi, es heißt bei Professoren nicht `pensioniert´, sondern `emeritiert´«, warf Kröger ein.

»Klar doch«, fuhr sie fort, ohne den Faden zu verlieren. »Ein sehr netter Pensionär. Zuerst erklärt er uns kurz, was wir nun erleben sollten. Und schon öffnete ein Assistent die Kühlkammer und zog einen Toten raus, über den ein Tuch gedeckt war.

Ich musste mich fragen: `Hältst du das aus oder haust du jetzt ab?´

Ich bin geblieben, fühlte mich gut dabei. Drei andere Referendare, die mit mir in der Ausbildungsgruppe sind, haben gekniffen, als man sie fragte, ob sie eine Obduktion sehen wollten.«

»Sie ist ein Kämpfertyp«, dachte Kröger.

»Und weiter?«, fragte er ungeduldig.

»Der Mediziner machte die sogenannte äußere Leichenschau und erläuterte ganz professionell: `Unser Toter hat schwarze

Haare, südländischer Typ, ca. 50 Jahre alt. Zahlreiche Merkmale von Gewalteinwirkung, vor allem am Kopf. Die Kleidung ramponiert, überall Spuren eines Kampfes.´«

Kröger war beunruhigt, ja, leicht empört und fragte sich, warum ausgerechnet seine Tochter so etwas Unangenehmes erleben musste.

Die aber erzählte schon munter weiter:

»Dann war der Kommissar Verding an der Reihe und teilte mit etwas rauer Stimme mit, dass es sich um einen Schrotthändler aus Rumänien handelte.

`Wir haben ihn auf dem Parkplatz neben der Autobahnraststätte in Diemelstadt gefunden, direkt vor seinem Kleinlastwagen und neben einer Abfalltonne.´«

Dr. Kröger war wie elektrisiert, als er das hörte: »Was sagst du da, Susanne? Ein rumänischer Schrotthändler? Auf Deutsch gesagt, ein äh, äh Sinti oder Roma? Ein Schrotthändler?«

»Warum regt dich das so auf, Papa, hat er bei dir Schrott gesammelt, oder was?«

»Nein Susi, vielleicht hat er aber etwas mit den Metalldieben zu tun, die hier in letzter Zeit aktiv sind. Die ganze Stadt redet nur noch vom Metalldiebstahl. Die schöne Bronzestatue, das Abbild eines historischen Nachtwächters in der Fußgängerzone, ist seit letzter Woche verschwunden. Zuerst dachte man, die Stadt hätte sie wegen irgendeiner Baumaßnahme weggenommen. Aber dann stand es ganz groß in der Zeitung: *Die Nachtwächter-Figur wurde vermutlich Opfer eines Metalldiebstahls.*«

Susanna war sekundenlang sprachlos. Dann redete sie los. Da war nichts mehr übrig von der durch das Jurastudium geformten trockenen und rationalen Ausdrucksweise. Frei von der Leber weg empörte sie sich mit den Worten:

»Was? Das geht jetzt aber an die Substanz. Als Kind bin ich immer auf den blanken Bronzehunden vor der Nachtwächterfigur 'rumgerutscht und habe seine Welpen getätschelt. - Diese verdammten Metalldiebe, bestimmt Kriminelle vom Balkan!« - Pause.

Kröger nickte, wobei er vergaß, dass sie ihn ja am Telefon gar nicht sehen konnte. Er hörte sie weitersprechen:

»Gerade habe ich in der Osnabrücker Zeitung gelesen, dass in Alfhausen vier Bronzetafeln von einem Denkmal abmontiert wurden. Die Tafeln erinnerten an die Toten und Gefallenen des Zweiten Weltkriegs.

Überschrift in der Zeitung: *Metalldiebe stehlen Bronzetafeln – Polizei hofft auf Zeugen.* Auch von Metalldiebstählen auf Friedhöfen habe ich gehört. Aber dass sie jetzt sogar an die Bronzestatuen in den Fußgängerzonen rangehen!«

Kröger bemerkte sachlich: »Ich nenne das organisierte Kriminalität. Und die Zeitungsüberschrift ist treffend: `Die Polizei hofft.´ Noch nicht einmal über die Grenzen der Bundesländer hinweg sind ihre Computer so vernetzt, dass sie problemlos und schnell fahnden können.

Zurück zu unserem Nachtwächter: Der ist weg, aber seine beiden Hunde, auf denen du als Kind so gerne wie zum Reiten gesessen hast, sind noch da.«

Er machte eine Pause, weil er dachte, seine Tochter wollte dazu etwas sagen. Aber er hörte nur, wie sie gerufen wurde: »Frau Kröger, wir sind so weit, kommen Sie mit?«

Klar, ihre Pause war zu Ende, was sie umgehend betätigte: »Hast du gehört, Papa? Es geht jetzt weiter mit der Leichenschau. Tschüss.«

In Krögers Ohr klangen die Worte seiner Tochter noch nach: »...weiter mit der Leichenschau.«

Er stellte das Telefon langsam zurück in die Ladeschale, nahm seinen dunkelblauen Lodenmantel von der Garderobe, zog ihn umständlich an, setzte die Baskenmütze auf, griff sich die abgewetzte Aktentasche aus Rindsleder und verließ seine - ganz altersgerecht im Erdgeschoss eines Mehrfamilienhaus gelegene – praktische und preiswerte Wohnung .

2. Im Café »Mama Luigi«

Krögers Fußweg dauerte nur etwa acht Minuten. Er ging vorbei an der Reifenfabrik und weiter am Bahnhof durch die Unterführung. Dann war er in der Fußgängerzone und erreichte das italienische Eiscafé »Mama Luigi«.

Er liebte die italienische Aussprache des Namens. Wiederholt hatte er mehreren seiner Freunde oder Bekannten gesagt: »Bitte die korrekte Aussprache »Lu-i-dschi«. Es klang ihm unmöglich, wenn jemand »Lu-i-g-i« mit deutschem G wie in Gustav sagte.

Als er die Tür öffnete, sah er, dass sein Kollege Walkner schon da war. Er saß am großen Fenster des Cafés und musterte aufmerksam die in der Fußgängerzone vorbei schlendernden Passanten.

Walkner war der in Teilzeit beschäftigte Angestellte der Detektei Fuchser, die im vierten Stock des gegenüberliegenden großen Geschäftshauses aus den siebziger Jahren ihre Büros hatte.

Beim Betreten des Cafés hatte Kröger das freundliche »Buon Giorno« der Wirtin mit einem korrekten »Guten Morgen« erwidert, worauf sich die etwa fünfzigjährige, kräftig und resolut wirkende Italienerin auf ihre vitale und fröhliche Art zur Espressomaschine begab, sich nur noch zur Vergewisserung umwandte und über die Schulter fragte: »Dottore, wie immer, Cappuccino?«

»Prego«, antwortete Kröger, legte Mantel und Tasche ab und setzte sich zu dem sportlich trainierten Walkner an den Tisch.

»Gu'n Morgen, Walkner. Wenn ich dich nicht durchs Fenster gesehen hätte, wäre ich verabredungsgemäß direkt zum Stadtarchiv in die Oberstadt gegangen.«

Der so Begrüßte war ein athletisch aussehender Mann mit Muskeln, etwa Ende 40, volles, dunkles Haar und markante, vom Sonnenstudio gebräuntes Gesicht.

Demgegenüber war Kröger von eher zierlicher Gestalt, schmächtig, mit faltigen, aber feinen Gesichtszügen, kahlköpfig, mit ergrauten Resten eines ehemals blonden Haarwuchses.

» 'n Morgen, Kröger«.

Walkner sah nicht auf, sondern hielt wie gebannt den Blick nach draußen gerichtet, ohne seine Beobachtung zu unterbrechen.

»Du kommst gerade richtig. Schnell, setz dich! Wenn du durchs Fenster die Fußgängerzone beobachtest, siehst du eine wichtige Person unter den Passanten. Na? Welche Person sieht das wachsame Detektiven-Auge?«, fragte er lauernd und schmunzelnd zugleich.

Auch Pedro, der spanische Kellner im Eis-Cafe von Mama Luigi, ein Gastarbeiter aus Andalusien, war zum Fenster gekommen, um sich unauffällig an der von Walkner angeregten Schau zu beteiligen.

Kröger: »Ich weiß nicht, wen du meinst. Den Mann mit der Tasche?«

Walkner schüttelte den Kopf und blickte halb verzweifelt nach oben, als wollte er um himmlischen Beistand für diese Unwissenheit bitten, vor allem bei der nächsten Fehldeutung Krögers.

»Meinst du die Verkäuferin am Kaufhaus-Eingang?«

Walkner gab mit seinem Mienenspiel den total Verzweifelten.

Kröger versuchte es noch einmal: »Oder gar die junge Frau mit den schicken Stiefeln und dem eng geschneiderten Mantel?«

Walkner kniff ein Auge zu und grinste breit:

»Na, endlich, genau die meine ich.«

Kröger entgegnete etwas vorwurfsvoll:

«Warum musst du bloß immer hinter den jungen Frauen her gucken, du `Macho´?« –

»Kröger, spiel mir nicht die vornehme Pastorentochter!«, dröhnte Walkner und gab

Kröger einen freundschaftlichen Klaps auf die Schulter.

»Gib's doch zu, diese Frau ist einfach klasse, ihr selbstbewusster Gang. Wie sie mit den Rundungen spielt! Die blonden Haare, das hübsche, herausfordernd schauende Gesicht! Merkst du nicht, dass sich die Leute nach ihr umdrehen? Jeder sieht, dass sie etwas Besonderes ist, eine Person von Welt, eine klasse Frau, einfach geil. Sie kommt aus der Großstadt und sieht hier aus wie ein Fremdkörper – und was für einer! –, den es auf Zeit in unser Städtchen verschlagen hat.« Walkner konnte sich nicht satt sehen.

Der spanische Kellner aus Andalusien, ebenfalls in männlicher Begeisterung, vergaß seine in Deutschland von ihm verlangte Zurückhaltung und rief aus: »O, Segnorita, quisiera ser pendiente para ir colgado siempre de tus orejas. (Deutsch: Ich möchte ein Anhänger sein, damit ich immer an deinen Ohren hänge.)

»Pedro, ja, ihr Spanier wisst noch die Schönheit einer Frau zu schätzen.

Sei froh, dass du dich in deiner eigenen Sprache begeisterst. Hier bei uns wirst du verklagt, wenn du so 'was laut sagst«, kommentierte ihn Walkner und lachte.

Das war Kröger jetzt zu viel und er protestierte, allerdings nicht so, als sei er selbst ganz überzeugt:

»Schluss mit dem Spekulieren! Eine Studentin kommt zu Besuch nach Hause und schwebt beziehungsweise stolziert durch die Fußgängerzone. Schön, aber etwas Besonderes? Walkner, wir wollten doch über die Tagesaufträge sprechen!«

»Dazu kommen wir gleich«, sagte dieser wohlwollend. »Ich verstehe ja: Das mit der hübschen Frau kommt dir etwas Macho vor. Doch ich bin kein Chauvi. Du solltest wissen, dass unser Chef mit seiner Spezial-Kartei großen Erfolg hat. Für jede besonders schöne Frau, die unseren Weg kreuzt, legt er eine Karteikarte an.

Du glaubst gar nicht, wie wertvoll inzwischen diese handverlesenen Dateien auf dem altbewährten Speichermedium Karteikarte sind – weder Hackerangriff noch Stromausfall können hier einen Schaden anrichten.«

Kröger runzelte die Stirn und dachte im Stillen: »Was redet der denn da? Ich hatte geglaubt, ich könnte den Kollegen Walkner in meinem Kriminalroman als Hauptfigur einbauen. Wenn ich ihm aber diese frauenfeindlichen oder sexistischen Sprüche in den Mund lege, kriege ich das Manuskript von jedem Verlag zurückgeschickt. Walkner ist für mich roman-technisch einfach unbrauchbar.«

Walkner hatte Luft geholt und fuhr mit seinem Vortrag fort:

»Eine extrem schöne Frau in dem kleinen Kosmos unseres Städtchens produziert Begehren, Eifersucht. Das weiß jeder. Aber auch wirtschaftlichen Erfolg. Eine schöne Frau kann Geschäfte in die Zahlungsunfähigkeit treiben; sie motiviert Kommunalpolitiker zu fragwürdigen Projekten, gibt Rechtsanwälten Brot in Scheidungssachen. Und sie hat ohne irgendein Zutun, allein durch ihre Erscheinung, die Sympathien der Menschen. Das macht sie fast unangreifbar.«

Er hob belehrend die rechte Hand mit dem Zeigefinger und fuhr fort:

»Als Detektiv musst du nur abwarten. Du musst die Person beobachten und fleißig Informationen sammeln. Irgendwann kommt jemand ins Büro und hat einen Nachforschungsauftrag. Der bringt dann richtig Geld ein. So hat es mir der Oberst verklickert.«

Kröger war verstummt, wandte aber nach einer Weile etwas zaghaft ein: »Du kannst doch nicht einfach dieses hübsche junge Ding da verdächtigen, du weißt doch gar nichts über sie.«

»Doch, Kröger, wir wissen schon, dass es Lydia Kranack, die Adoptivtochter des Immobilienmaklers Wertenbrecker in der Hessischen Alllee ist, dass sie in Wien Kunstgeschichte studiert, dass sie im Reiterverein gern gesehen ist und dass alle Männer von ihrem letzten Auftritt im Sommer reden. Da war sie mal wieder zu Hause und promenierte durchs Städtchen.«

Kröger lachte ganz kurz, weil er sich durchaus an das kleine Stadtereignis erinnerte.

Walkner war ganz schön in Fahrt gekommen und redete weiter:

»Sie trug ein so leichtes Sommerkleidchen, dass ihr Busen fast frei und unverhüllt wippte. Und dazu noch der Chapeau, ein feiner Sommerhut, knallrot. So eine Erscheinung hatte bis dahin noch niemand im Städtchen gesehen. Das wissen wir alle. Nur eines gibt mir noch ein Rätsel auf: Von wem hatte sie wohl die feinen italienischen Stiefelchen, die nur aus einer der teuersten Mailänder Schuhmanufakturen kommen konnten? Ich habe einen Blick für so 'was.«

Wieder sagte Dr. Kröger eine Weile lang nichts. Er ordnete für sich ein, was er gehört hatte, und er staunte, was Walkner alles wusste.

Dass die Detektei Fuchser Karteikarten über Personen führte, überraschte ihn dagegen nicht. Ihr Chef war ja ein ehemaliger Oberst der DDR-Staatssicherheit, der gleich nach der Wende in der Detektei Fuchser Fuß gefasst hatte. Kein Wunder also, dass man dort trotz der Computer noch auf die alten bürokratischen Methoden vertraute.

Inzwischen war Kröger etwas ungeduldig geworden und sagte:

«Gut, gut, genug. – Was ist denn mit den Tagesaufträgen aus der Detektei? Was habt ihr heute für mich?«

»Kröger, du weißt ja, dass es ein alles beherrschendes Thema in der Stadt gibt: Die Bronzeskulptur des Nachtwächters ist weg. »Metalldiebstahl«, sagen die polizeilichen Ermittler und tappen im Dunkeln. Sie telefonieren nach Nordrhein-Westfalen und Niedersachsen, lesen im Fahndungscomputer und hoffen, dass sich etwas tut.«

Während Walkner Atem holte, nickte Kröger zustimmend: »Ja, sie hoffen.«

Walkner redete weiter: »Aber unser Chef, der alte Oberst, wittert ein Geschäft. Für ihn ist das mehr als ein einfacher Diebstahl. Vermutlich organisierte Kriminalität, Ausländer vom Balkan. Er meint, von der Polizei sei nicht viel zu erwarten. Deshalb bittet er dich um eine Recherche.

»Wie immer, gerne.«

»Prima, Kröger, den Chef wird es freuen. Könntest du eine Akte anlegen mit allem, was es über die Nachtwächterfigur gibt? Anschaffungskosten der Stadt in den 70er Jahren, Künstler, Stimmen aus der Bevölkerung, Wissen über die Bronzestatue in den örtlichen Vereinen, insbesondere im Verein für Heimat- und Stadtgeschichte – und so weiter. Du kennst ja die Sammelleidenschaft des Obersts, er interessiert sich einfach für alles, wenn er eine Spur verfolgt.«

»Hm«, machte Kröger nachdenklich. Er hatte ganz konzentriert zugehört und sich in Gedanken mögliche Recherche-Schritte überlegt. Er suchte nach Untersuchungswegen zu den verschiedenen Aspekten des skandalösen Metalldiebstahls `Nachtwächterfigur´.

Was ihm seine Tochter am Telefon gesagt hatte, gab er jedoch nicht preis: Die Leiche eines toten Schrotthändlers in der Kasseler Pathologie.

Er überlegte: »Vielleicht habe ich hier meinen Kriminalroman, auf jeden Fall werde ich in einer Mordsache ermitteln.«

Als Walkner schon ungeduldig wurde, sagte er:

»Walkner, ich glaube, ich fange im Stadtarchiv an. Wo sonst finde ich etwas über den Kauf und die Aufstellung der Nachtwächter-Skulptur damals in den 70er Jahren?!«–

»Wie du meinst«, lachte Walkner jovial, »vergiss aber nie bei all deinen Untersuchungen auf schöne Frauen zu achten! Wer für die Detektei Fuchser arbeitet, weiß, dass dies eine Art Markenzeichen unserer Recherche-Arbeit ist.«

Wieder etwas ernst werdend, legte er ganz sachlich seinem Kollegen die Papiere für den neuen Werkvertrag »Ermittlungssache Metalldiebstahl« vor. Er reichte ihm seinen Kugelschreiber, wies mit dem Finger auf die Stelle für die Unterschrift und ließ Kröger unterschreiben.

Danach hatte er es eilig, in das Büro der Detektei Fuchser auf der anderen Straßenseite zu kommen.

Kröger war froh. Über seinen Auftrag und über das schnelle Verschwinden von Walkner. Im Stillen sagte er sich: »Diese neue Aufgabe ist eines Wissenschaftlers würdig. Informationen suchen, sammeln, ordnen. Ja, eine vernünftige Aufgabe. Und ohne Walkner. Den bin ich mit seinem Macho-Gerede los.«

Dann zahlte er, während die Wirtin ihn breit und vielsagend anlächelte. »Dottore, neue Arbeit? Bene, bene.«

»Grazie, danke«, antwortete Kröger, »bis bald!«. Und schon war er auf der Straße.

3. Kröger ermittelt

Mit großen Schritten durchmaß Kröger die Fußgängerzone. In seinem langen, dunkelblauen Lodenmantel und mit der farblich dazu passenden Baskenmütze sowie der abgewetzten Aktentasche aus braunem Leder war er etwas aus der Zeit gefallen.

Niemand trug mehr Loden. Man sah überall nur noch Outdoor-Windjacken. Des Öfteren ging auch eine modische Steppjacke vorbei, die an das Aussehen des bekannten aufgepusteten Michelin-Männchens erinnerte, mit der eine französische Reifenfirma Werbung machte.

Kröger hatte diesen neuen Trend in der Mode durchaus bemerkt und im Stillen gedacht: »Wie das hier in unsere nordhessische Kleinstadt passt, wo wir doch auch eine bedeutende Produktionsfirma für Autoreifen haben. Sie bläst hier ökonomisch alles auf. Ja, wenn wir die nicht hätten!«

Seiner wissenschaftlichen Ausbildung entsprechend hatte er immer einen Blick für alles, was im Verborgenen lag. »Man muss alles kritisch hinterfragen!«, hieß es in seiner Studentenzeit. Das war zwar auf die politischen Verhältnisse bezogen, aber Kröger hatte daraus seinen eigenen kritischen Blick entwickelt.

Er sah mit seinen archäologisch geschulten Augen hinter moderne Fassaden und stellte sich vor, wie die Dinge einst ausgesehen hatten, bevor etwas neu und ohne Baugenehmigung hochgemauert, ein Denkmal verputzt oder der Boden zugepflastert beziehungsweise asphaltiert war.

Er wusste genau, welche Familienbetriebe durch die bekannten Filialen großer Handelsketten ersetzt worden waren. Da kamen ihm die radikalen Formulierungen seiner Studentenzeit in den Sinn: »Das große Kapital hat die kleinen Läden und Betriebe aufgefressen.«

Nun begab er sich in das »Loch«, eine Fußgängerunterführung mit Treppenaufstieg in den oberen Teil der Innenstadt.

»Kein Handy-Empfang im Loch«, dachte er. Auch wurde ihm bewusst, dass es hier im Spätmittelalter noch ein Tor in der Stadtmauer gab, durch das es aus der damaligen Neustadt hinaus ging in das nächste Dorf, heute ein längst eingemeindeter Ortsteil der Kreisstadt.

Vom Treppenaufstieg etwas kurzatmig geworden, war er im oberen Teil der Fußgängerzone angekommen. Mit Bedacht nahm er jetzt diesen etwas längeren Weg zum Stadtarchiv. So würde er an der Stelle vorbeigehen, wo die übermannshohe Bronzefigur des Nachtwächters gestanden hatte.

Am Bratwurstgrill vor der geschätzten Traditions-Metzgerei überlegte er kurz, ob er sich später auf dem Heimweg hier eine Wurst mit Brötchen holen sollte.

Da summte sein Handy.

Ein Blick aufs Display: »Aha, Walkner«.

»Kröger, bist du noch unterwegs?«, hörte er Walkner fragen.

»Ja, Fußgängerzone.«

Er blieb stehen, denn er hasste es, beim Gehen »am Handy zu hängen«, wie er zu sagen pflegte, wenn er junge Leute beim Telefonieren oder Spielen mit dem Smartphone sah.

Walkner: »Das ist gut, der Chef will dich kurz sprechen, ich stelle dich zu ihm durch.«

Es fiel Kröger auf, dass Walkner den Spitznamen »Oberst« vermied, wenn er im Büro war. »Der brave Angestellte«, dachte Kröger. Und schon hatte er den Chef der Detektei Fuchser am Apparat.

»Hier Starowitz. Sind Sie es, Dr. Kröger? – Ja? Gut, dass ich Sie noch erreiche, bevor sie im Stadtarchiv sind. Zuerst einmal danke ich, dass

Sie den Auftrag »Pulverkopp« übernommen haben, also die Nachforschung nach der verschwundenen Nachtwächterfigur aus der Innenstadt.

Die Ladeninhaber der Fußgängerzone haben uns durch ihre Werbegemeinschaft schon einen Auftrag erteilt.

Diese Leute meinen, die Polizei würde vermutlich nur ganz gewöhnlich wegen eines Diebstahls ermitteln. Das sei ihnen zu wenig.

Es sei doch eine Ungeheuerlichkeit: Metalldiebstahl am helllichten Tage, mitten in der Fußgängerzone! Die ermittelnde Polizei werde vermutlich wieder ganz politisch korrekt und neutral von Metalldieben sprechen, wo doch jeder wisse, dass wir es hier mit Banden vom Balkan oder aus Osteuropa zu tun haben.«

Er machte eine Pause.

Kröger: »Ich verstehe, also werden wir mit mehr Druck nachforschen.«

»Genau, Herr Doktor. Deshalb bitte ich darum, den Platz, an dem die Bronzefigur stand, eingehend zu untersuchen, bevor alle möglichen Spuren weg sind.«

Wird gemacht, Herr Starowitz, ich bin gleich an der Stelle«, sagte Kröger pflichtbewusst. Dass er gedient hatte, Wehrdienstzeit bei der

Bundeswehr, schlug bei ihm durch. Einem Oberst kam besonderer Respekt zu, auch wenn er aus der früheren DDR stammte und lange außer Dienst war.

Perfekt«, sagte der Oberst und fügte hinzu: »Aber bitte nicht nur diese Spuren. Sie kennen mich ja, wir sammeln in so einem Fall alles. Bitte keinen Tunnelblick mit der Suche nach Sinti und Roma.«

»Verstehe«, sagte Kröger, indem er eine kurze Sprechpause des Obersts nutzte.

Der Oberst sprach weiter: »Von den Leuten der Werbegemeinschaft haben wir erfahren, dass die Polizei schon in Richtung Schrotthändler vom Balkan ermittelt. Kommissar Verding von der Kripo Kassel hat den Fall eines tot aufgefundenen rumänischen Schrotthändlers übernommen. Die Leiche wurde gestern auf dem Autobahnrastplatz bei Diemelstadt gefunden. So, das war's. Viel Erfolg, Herr Doktor.«

»Danke«, sagte Kröger, als er merkte, dass das Gespräch zu Ende war. »Ich melde mich, sobald ich etwas Konkretes finde.«

Dabei dachte er: »Der weiß aber auch alles. Und ich hatte nach dem Telefonat mit Susanne geglaubt, einen Informationsvorsprung zu haben.«

Kröger näherte sich der Stelle, wo die Bronzestatue des Nachtwächters gestanden hatte. Sie kam ihm jetzt eigenartig leer vor, obwohl er nie zuvor den Platz mit der beliebten Figur besonders beachtet hatte.

Er hatte den »Nachtwächter« immer als unbedeutendes Stück Volkskunst abgetan. »Privatleute stellen sich Gartenzwerge hin, Stadtverwaltungen schmücken ihre Fußgängerzonen mit Schweinehirten, Nachtwächtern, Sportlern, Märchenfiguren und Tieren jeder Art. Zum bloßen Vergnügen für Kinder und für Leute mit sentimentalen Erinnerungen an die vermeintlich gute alte Zeit, als die Rundgänge des Nachtwächters noch für Sicherheit sorgten.«

Nun hatte er das Bild der Bronzeskulptur wieder vor Augen: Die etwas wuchtige Figur von einem Mann mit Hut.

»Um den Hals gehängt hat er sein Horn, mit dem er Alarm bläst, etwa bei Feuer. In der linken Hand hält er die Hellebarde, mit der rechten formt er am Mund einen Sprechtrichter in Richtung Rathaus oder Altstadt. Er ruft etwas, vielleicht den traditionellen Stundenruf: »Hört, ihr Herrn, und lasst Euch sagen, unsere Uhr hat 12 geschlagen...«

In den 19 hundert siebziger Jahren hatte der damalige Bürgermeister die Figur aufstellen lassen, als die neue Verkehrsführung und die neu errichtete Fußgängerzone fertig gestellt waren.

Nicht ohne das Murren zahlreicher Anlieger.

Damals hieß es: »Weißt du, was der Nachtwächter zum Rathaus hin ruft?« – »Bürgermeister, gib uns unsere alte Straße wieder!«

Kröger bemerkte auch mit einem gewissen Maß an Erleichterung, wobei er sich an seine Tochter erinnerte, dass die beiden Hunde des Nachtwächters noch da waren, genau so, wie es die Zeitung berichtet hatte: Messing-gelb, blank gescheuert die Hunderücken, auf denen die Kinder - auch Susanna - hier immer zum Reiten aufsaßen, wenn sie mit ihren Müttern oder Vätern - auch er in seinen besten Jahren - durch die Fußgängerzone bummelten. Susanna sagte immer: »Guck mal, Gold«, wenn sie die Rücken der Hunde tätschelte.

Er sah sich kurz um, der Moment war günstig. Niemand war in der Nähe. Nun konnte er alles gründlich inspizieren, vor allem die Stelle, an der die mächtige Bronzefigur wohl vom Sockel und aus dem Pflaster gerissen worden war.

»Auch wenn ich mir blöd vorkomme. Wer mich jetzt sieht, denkt eine Gestalt wie

Sherlock Holmes zu sehen. Aber ich weiß, was ich tue.«

Dabei zog er eine große Lupe, die auf einem Stiel mit Handgriff saß, aus der Manteltasche, suchte damit den Boden ab - und wurde fündig.

»Sieh da! Wer hätte das gedacht?«, murmelte er.

In seinen zarten, zittrigen Fingern hielt er eine Pinzette, hob ein langes blondes Haar auf und legte es in ein Klarsicht-Tütchen, das er aus der anderen Manteltasche hervorgekramt hatte.

»Das könnte ein Indizienbeweis werden«, sagte er mit selbstzufriedener Miene. »Aber jetzt muss ich hier schnell weg. Wenn mich bloß niemand gesehen hat!«

Die ersten Passanten kamen. Sie kamen näher. Zum Glück hatten sie nichts von seinem seltsamen Tun bemerkt. Ein paar Kinder rannten auf die bronze-gelb glänzenden Metallhunde zu, die von der Nachtwächter-Gruppe noch übrig geblieben waren.

Mit schnellen Schritten bog Dr. Kröger in die Seitenstraße zur Nikolaikirche ein, überquerte den Neustädter Markt und erreichte das Stadtarchiv, das seit ein paar Jahren in dem Gebäude einer früheren Zeitungsdruckerei untergebracht war.

Sein Blick fiel auf den spitzen Turm der schönen gotischen Kirche aus dem 15. Jahrhundert. Dort oben kreisten drei Falken. Er musste an seine Lateinstudien denken. In der Antike beobachtete man den Vogelflug, um die Zukunft zu deuten. »Wer weiß, drei Vögel bedeutet vielleicht, dass wir es in unserem Fall mit drei Parteien zu tun haben.«

Er war froh, dass sein Auftrag ihn ins Stadtarchiv führte, denn dort würde er auf eine Weise arbeiten können, die etwas mit seiner früheren wissenschaftlichen Tätigkeit zu tun hatte. Durch diese Arbeit würde er wohltuend an seine Studienjahre erinnert werden.

4. Begegnung im Stadtarchiv

Als Kröger das Büro des Stadtarchivs betrat, ging er mit einem knapp und verhalten gesprochenen »Guten Tag« an dem einzigen besetzten Arbeitstisch für Besucher vorbei.

Wie so oft saß dort der beleibte Vorsitzende des örtlichen Vereins für Namens- und Familienforschung und sichtete Dokumente, um weitere Daten zu gewinnen für seine gewaltige Sammlung digitalisierten Materials.

Kröger vermied den Kontakt zu ihm und dachte „Big Data ist wieder da." Er hielt ihn für einen extrem einspurig denkenden Experten. In seinen Augen verdiente er nur den heimlichen Spitznamen „Big Data".

Die städtische Angestellte Frau Huveisen dagegen, die für den Besucherverkehr zuständig war, begrüßte er sehr gerne. Er schätzte ihre freundliche und offenen Art. Sie pflegte für alles Interesse zu zeigen, was er gerade bearbeitete. Er freute sich, dass sie ihm anbot, sich doch zu setzen, und zwar auf einen Stuhl direkt vor ihrem PC-Arbeitsplatz.

»Herr Kröger«, sagte sie, – er hatte sie während seiner früheren Arbeit an einer Veröffentlichung gebeten, den Doktortitel wegzulassen – »was führt Sie heute zu uns? Falls Sie einen der ehrenamtlichen Mitarbeiter sprechen wollen, muss ich Sie enttäuschen. Die

Herren Pensionäre haben schon meinen Filterkaffee getrunken und sind gegangen.«

»Kein Problem, Frau Huveisen. Sie wissen ja, dass ich gelegentlich als Detektiv unterwegs bin. Ich suche heute etwas zu einem ganz aktuellen Fall. Die Nachtwächterfigur aus der Fußgängerzone.«

»O, dieser ganz gemeine Diebstahl!«, rief sie empört und verzog das Gesicht. Ich hoffe, die Polizei gibt sich alle Mühe, die Diebe hinter Gitter zu bringen.

Bei unseren offenen Grenzen kommen so viele Ausländer ins Land, dass es keine Kontrolle mehr gibt. Sie rauben uns aus. Jetzt gehen die Metalldiebe schon an die Kunst im öffentlichen Raum!«

»Frau Huveisen«, sagte Kröger, »keine Sorge. Die Detektei Fuchser, für die ich arbeite, ermittelt immer gründlich. Ich suche gerade alles, was wir über die gestohlene Nachtwächterfigur an Informationen haben. Ich denke dabei an die städtischen Akten über die Anschaffung der Bronzeskulptur in den siebziger Jahren, aber auch an Material über die Nachtwächter in unserer Stadt vom Mittelalter bis in die Neuzeit.

»Herr Kröger, Sie haben Glück. Ich glaube, alles, was Sie suchen, liegt im Arbeitsraum nebenan. Eine Studentin beschäftigt sich seit ein paar Tagen mit dem Nachtwächter. Ich habe ihr alles vorgelegt, was wir haben. Kommen Sie, ich mache Sie mit ihr bekannt.«

Sie stand auf und führte Kröger, der seinen Lodenmantel über einen Stuhl gehängt hatte, in den nicht öffentlichen und daher abgesonderten Arbeitsraum. Normalerweise war dieser den ehrenamtlich tätigen Archivmitarbeitern - allesamt pensionierte Beamte – vorbehalten.

Als sie die Tür öffnete und er den Raum betrat, glaubte er seinen Augen nicht zu trauen.

Er nahm kaum wahr, wie sich Frau Huveisen leise der vertieft arbeitenden Studentin zuwandte: »Fräulein Kranack, darf ich Sie bei Ihrer Arbeit kurz unterbrechen? Hier ist Dr. Kröger, der zufällig nach denselben Unterlagen sucht wie Sie.«

Da saß das schöne Mädchen, das in der Fußgängerzone vorbei stolziert war. Er schätzte sie auf 20 Jahre. Walkner, «der alte Macho«, hatte zwar nicht ganz Unrecht: Das Mädchen war etwas Besonderes.

Aber Walkners Vortrag über schöne Frauen und die Detektivarbeit war kaum zu ertragen gewesen.

Und jetzt saß sie vor ihm, Lydia Kranack, die Adoptivtochter des Immobilienmaklers

Wertenbrecker. Die wohl hübscheste Kunststudentin aus Wien, die das Städtchen gesehen hatte.

Lydia erhob sich und sagte mit strahlendem Gesicht:

»Herr Dr. Kröger, ich kenne Sie. Als ich im Gymnasium in der Oberstufe war, hielten Sie vor unserer Klasse einen Vortrag über Archäologie.

Es ging damals um unsere berufliche Orientierung. Ich freue mich, Sie wiederzusehen. «

»Ja, ich erinnere mich. Ich hatte damals ein Ausgrabungsprojekt und hatte gerade das Skelett eines fränkischen Kriegers aus dem sechsten Jahrhundert geborgen.«

»Herr Dr. Kröger, das war super spannend damals. Sie sagten, dass man immer zuerst guckt, ob der Knochen des linken Armes noch ganz ist. Wenn nicht, dann handele es sich um einen Krieger, der den linken Arm zum Schutz gehoben hatte, als er einen schweren Schlag verpasst bekam. Danach war der Armknochen zerbrochen.«

Kröger lächelte und nickte zustimmend.

»Dank Ihrer Anregungen bin ich bei der Kunst gelandet, und zwar an der Uni in Wien. «

Sie reichte ihm mit heiterem Gesicht die Hand und im Stillen dachte sie: »Er weiß vielleicht noch mehr über den Nachtwächter und kann mir helfen.«

Kröger fühlte sich von der jungen Person, deren frisches Parfüm einen jugendlichen Duft verströmte, leicht überrumpelt, fasste sich aber schnell.

»Frau Kranack«, - eigentlich hatte er »Fräulein« sagen wollen, aber das war nicht mehr politisch korrekt - »ich höre, Sie haben alles über den Nachtwächter auf dem Tisch. Was für ein Zufall. Weil die Nachtwächterfigur geklaut wurde, suche ich jetzt genau wie Sie nach Informationen über diese Figur.« –

»Ach, Herr Dr. Kröger, der verschwundene Nachtwächter ist eine Tragödie für mich.«

»Warum eine Tragödie?«

»In meinem Studium an der Kunsthochschule arbeite ich an einem Werk, das eine Installation werden soll.

Wir haben uns mit Skulpturen im öffentlichen Raum beschäftigt. Es geht darum, aus den zahlreichen Figuren in den Fußgängerzonen unserer Städte etwas zu machen.«

»Ich verstehe, Sie wollen aus Volkskunst echte Kunst machen?«, worauf sie ihn halb erstaunt, halb fragend anblickte

»Unser Projekt wird von der Europäischen Kommission gefördert. Und da habe ich mir gedacht, die Reisespesen für Fahrten in meine Heimatstadt auszugeben. Ich will die Skulptur des Nachtwächters zum Sprechen bringen. Ich will ihn medial verbinden, ihn vernetzen und in einen neuen Kontext stellen. Über Lautsprecher und im Internet soll er dann zu den Menschen reden.«

Dr. Kröger zeigte sich verwundert und hoch interessiert:

»Sie machen offenbar Kunst nach dem Verständnis von Beuys. Happenings und Installationen! Sie wollen der Bronzefigur eine Geschichte geben. In anderen Worten, Sie machen eine Installation und geben der Figur eine Geschichte.«

»Herr Dr. Kröger, genau das ist es. Erst wenn es eine Erzählung zu diesem Kunstobjekt gibt, ein Narrativ, das sich von der Figur gelöst hat und in den Köpfen der Menschen lebendig ist und immer weiter erzählt wird, erst dann haben wir ein echtes Stück Kunst.«

»Ein Narrativ. Schöne moderne Ausdrucksweise für eine Erzählung. Da passen Sie mit Ihrem Projekt sicherlich auch gut auf die internationale Kunstausstellung `documenta´ in Kassel.«

»Genau, die `documenta´ haben wir im Blick. Unsere Kunsthochschule in Wien arbeitetet sogar mit Kassel zusammen. Es geht darum, ein echtes europäisches Projekt ins Rollen zu bringen. Wir in Wien kennen uns besonders gut in den Ländern des Balkans aus. Das verdanken wir der österreichischen Geschichte.«

»Das kann ich mir gut vorstellen. Das österreichische Kaiserreich war auf dem Balkan zu Hause«, bestätigte Kröger, worauf sie mit noch mehr Engagement weitersprach:

»Denken Sie an all die neuen Investitionen aus dem Westen!«

Er nickte. »Ja, viele westliche Firmen investieren dort, weil sie von den niedrigen Löhnen profitieren wollen.«

»Geld, Investitionen, und was ist mit der Kunst? – Nichts!«, rief sie aus.

Nach einer kurzen Pause, in der ihre feurigen Augen ohne Unterbrechung Kröger fest anschauten, sagte sie:

»Aber ich staune, dass Sie offenbar mit dem modernen Kunstbegriff von Beuys vertraut sind. Kunst ist immer etwas eminent Politisches!«

Dr. Kröger hatte den Eindruck, dass sie ihn respektierte. Er erinnerte sich an sein Studium, als es hieß, die Macht der Wirtschaft sei immer die Grundlage, danach erst kämen Kultur und Kunst. Und natürlich sollte man alles kritisch hinterfragen.

»Sie haben Recht, wer denkt schon darüber nach, dass ein deutscher Weltkonzern in Rumänien investiert ist und dort 12 000 Beschäftigte hat. Besondere Beziehungen gibt es zu einer Fabrik in Hermannstadt, Rumänien, im früheren deutsch besiedelten Siebenbürgen.«

Sie schaute ihn mit großen Augen an. Seine Kenntnisse überraschten sie. Solche wirtschaftspolitischen Gedanken hatte sie in ihrer Heimatstadt von einem Mann dieses Alters noch nie gehört. So etwas hörte sie aber umso mehr im Wiener Kunstseminar. Sie beschloss, einen weiteren Vorstoß zu machen.

»Genau darauf haben auch unsere Freunde von der Gesamthochschule in Kassel hingewiesen. Sie fordern immer spektakuläre Dinge, fordern Kunstaktionen, um die Menschen zu politisieren. Ein paar ganz Radikale würden am liebsten so manche Bronzeskulptur abreißen, einschmelzen und zu etwas Neuem, `zu großer Kunst machen`, wie sie sagen. `Aus Kitsch werde Kunst´ heißt ihr Slogan. Sie wollen zeigen, dass die Konzerne in Rumänen von Niedriglöhnen profitieren. Dort verdiene ein Arbeiter nur den zehnten Teil eines deutschen Arbeitslohnes.«

Sie machte wieder eine Pause und bemerkte wohl, dass Krögers Mienenspiel etwas auf Distanz ging. Seit seiner Doktorarbeit hatte er sich von der linken Szene in der Politik ferngehalten.

Er dachte an studentische Krawalle und Straßenschlachten mit der Polizei.

Mit Feingespür hatte sie bemerkt, dass er sich innerlich abwandte, worauf sie mit Geschick dem Thema eine leichte Wendung gab, um ihn auf Kurs zu halten.

»Herr Doktor Kröger, wir haben in Wien aber auch noch ganz andere Aspekte der Kunstinterpretation berücksichtigt. Es geht um die Gender-Diskussion, also die Darstellung von Mann und Frau, von Homos und Lesben sowie Transsexuellen in der Kunst. Man könnte sagen, dass dieses Thema uns aus Brüssel geradezu europäisch vorgegeben ist.«

Ein charmantes Augenzwinkern, dann fügte sie hinzu: »Sonst würden wir aus den Töpfen der Europäischen Kommission kein Geld bekommen.«

»Ich verstehe«, sagte Kröger und dachte bei sich: »Die Kleine ist clever. Nicht so dämlich wie ich damals bei meinem Projekt

ʼSteinzeitliche Hünengräber in Nordhessenʻ, als ich es aus Gründen der wissenschaftlichen Redlichkeit ablehnte, sogenannte Gender-Fragen zu berücksichtigen. Eine mögliche EU-Unterstützung für meine Grabung im nordhessischen Wald war damit im Eimer. Mein Projekt wurde nicht gefördert...«

Sie schaute ihn aufmerksam an, dann lächelte sie, gerade so, als hätte sie seine Gedanken verstanden.

Er verließ seine Erinnerung und fragte:

»Was bedeutet denn das Gender-Thema, also die Forderung nach der Gleichstellung der Geschlechter für Sie und Ihr Nachtwächterprojekt?«

Sie lachte fröhlich: »Das will ich Ihnen gerne verraten. Das bedeutet, dass ich untersuchen will, wie sexy unser Nachtwächter-Denkmal ist.«

Dr. Kröger schmunzelte zunächst, als er das hörte, runzelte dann aber nach kurzem Nachdenken die Stirn.

»Der Nachtwächter – sexy? Ich kann mir vieles vorstellen, aber sexy? Diese kräftige und derb aussehende Gestalt, der etwas grobschlächtig wirkende Nachtwächter mit seinen Hunden, ein schon etwas älterer Mann, aus dessen linker Manteltasche zwei putzige

Hundewelpen rausgucken, soll sexuell attraktiv sein? Etwa wegen der Hellebarde, die er wie einen großen Stab in der linken Hand hält?«

Sie nickte, lächelte verschmitzt, sagte aber nichts.

«Absurd«, dachte er, «aber ich muss das Gespräch wieder dorthin lenken, wo ich Informationen zur Aufklärung des Metalldiebstahles kriege.«

Laut fragte er: »Glauben Sie wirklich, der Schöpfer dieser Skulptur habe damals in den 70er Jahren der Stadt eine Figur mit Sex-Appeal verkauft?«

Sie strahlte ihn an: »In gewisser Weise schon. Der Künstler ist der Bildhauer Peter Lehmann, der auch die vielbeachtete Figurengruppe am Eingang der Fußgängerzone in der Hansestadt Bremen geschaffen hat.«

»Ach, den kenne ich noch aus meiner Studentenzeit. Die Figurengruppe in der Fußgängerzone in Bremen. Unübersehbar, der Schweinehirt mit seiner Herde in der dortigen Sögestraße.«

»Ja, genau. Schauen Sie sich diesen Typen einmal im Internet an. Er bläst in sein Horn und ruft die Schweine der Bremer Bürger zusammen. Er führt sie zum Hüten hinaus in den nahegelegenen Stadtwald.«

»Ja, und?«

»Herr Dr. Kröger, erinnern Sie sich an das Horn, in das er hineinbläst? Das hoch in die Luft gekrümmte Horn ist doch eindeutig ein Phallus-Symbol! Das ist die Männlichkeit des Schweinehirten. So kraftvoll sah sonst keine Figur eines städtischen Bürgers im Spätmittelalter aus.«

Sie blickte Kröger erwartungsvoll an, ob er wohl ihrer Deutung folgen würde.

Aber er stellte nur fest: »Aha, ein Peter Lehmann ist der Künstler unseres Nachtwächters.«

Kröger hatte sein Notizbuch aufgeschlagen, kritzelte etwas hinein und fragte: »Wissen Sie auch, wie viel die Stadt damals für das Kunstobjekt bezahlt hat?«

»Ja, in den Akten ist von 12 000 DM die Rede.«

Wieder schrieb Kröger in sein Notizbuch. Dann sagte er nachdenklich: »Sie haben Recht, wenn man heutzutage im Internet nachguckt, was für Figuren in Deutschlands Innenstädten stehen, dann sieht man nicht mehr jede Figur isoliert. Die Stadt hat also damals eine Skulptur angeschafft, weil sie eine Verbindung zur Hansestadt Bremen herstellen wollte. Im

Mittelalter waren wir hier in Nordhessen ja auch Hansestadt.«

»Und sind es auch heute wieder!«, warf Lydia Kranack mit etwas Stolz und neu aufkommender Begeisterung für ihr Thema ein. »Die Stadtwerbung läuft heutzutage voll mit dem Wort ʹHanseʹ. Man ist heute wieder Hansestadt, ganz offiziell. Der Schweinehirt in der Bremer Sögestraße und unser Nachtwächter in der Bier-Straße gehören zusammen! Sie sind beide ʹHanseʹ – sozusagen!«

Kröger dachte nach: »Eigentlich hat sie Recht. ʹHanseʹ ist im Grunde etwas mehr als ein Gag der Werbegemeinschaft der Kaufleute am Ort. Immerhin gibt es auch noch die Reifenfabrik, das ist ein Weltkonzern. Was hier bei uns produziert wird, geht in die ganze Welt hinaus. Die nordhessische Kleinstadt ist heute ebenso mit der weiten Welt im Geschäft wie die großen Hansestädte Bremen, Hamburg und Lübeck damals, zur Zeit der Hanse.«

Aber diese Gedanken behielt er für sich, während er an Frau Kranacks begeisterte Ausrufe anknüpfte: »Ja, ja, nur bringt uns das nicht weiter. Der Nachtwächter ist weg. Wer sind die Metalldiebe?«

Lydia Kranack merkte sofort, dass Kröger mehr »das Praktische der Nachtwächter-

Tragödie«, wie sie es für sich formulierte, im Blick hatte.

»Herr Dr. Kröger, ich sehe schon, Sie interessieren sich besonders für die Fakten des Metalldiebstahls. Sie brauchen sich keine Notizen zu machen, hier ist alles, was ich gefunden habe.«

Sie reichte ihm ein Papier, das sie auf ihrem Tablet-Rechner geschrieben und mit einem portablen Drucker ausgedruckt hatte.

Kröger überflog das Blatt:

Figurengruppe: Nachtwächter mit Hunden

- Er trug Hellebarde, Laterne und Horn.

- sorgte für Ruhe und Ordnung;

- warnte vor Feuer, Feinden und Dieben;

- gehörte zu den unehrlichen Berufen,

- wie der Abdecker und der Henker;

- lebte in bescheidenen Verhältnissen.

- Der Nachtwächter in der Literatur als Narr;

- Der Narr sagte die Wahrheit.

- Tag der Tat: am 5. September des Jahres.

- Zeit: gegen 5 Uhr morgens.

- Täter ist zurzeit unbekannt.

- Gewicht der Figur: ca. 700 kg

- Material: Bronze

- Materialwert ca. 2800,- Euro.

- Künstler Peter Lehmann aus Worpswede.

- Anschaffungswert: ca. 12 000,- DM

- Entstehungszeit: Mitte der 70er Jahre

- Berater bei Anschaffung: Heimat- und Geschichtsverein; Kulturamt bzw. -ausschuss.

Kröger war sichtlich erleichtert. Mehr brauchte er nicht. Damit war seine Recherche im Stadtarchiv vorerst erledigt. Seine Arbeit war getan, ohne dass er dazu beigetragen hätte.

»Das gefällt Ihnen, wie ich sehe. Sie können das Blatt behalten, Herr Dr. Kröger.« Lydia lächelte ihn an.

»Ein unwiderstehliches Lächeln«, dachte er, dann sagte er laut:

»Fräulein Kranack, danke, vielen Dank, das hilft mir weiter.«

Und er fügte etwas verlegen hinzu, weil er ihre wissenschaftliche Recherche anerkannte: »Lassen Sie doch bitte den Doktor bei meinem Namen weg.«

»Okay, Herr Kröger«, lachte sie leicht und signalisierte mit ihrem ganzen Charme, dass sie das Gespräch noch gerne fortsetzen wollte.

Kröger überlegte sich: »Meine Arbeit im Archiv ist jetzt eigentlich erledigt, die Pflicht ist erfüllt, was jetzt noch kommt, ist Kür.«

Für jede Art von geistvoller Plauderei oder auch nur Small-Talk wollte er jetzt Zeit haben, »Quality Time«, und zwar mit Freude angesichts der reichlich ausgestrahlten weiblichen Reize seines Gegenübers.

5. Rollenspiel

Die eifrige Kunststudentin Lydia Kranack merkte, dass sie noch etwas für ihr Projekt gewinnen konnte und dass Kröger bereit sein würde, ihren Wünschen zu folgen. Das bestätigte seine nächste Frage.

»Frau Lydia, wenn ich Sie so beim Vornamen ansprechen darf, wie es ja in Schule und Seminar üblich ist. Bitte, wie begründen Sie Ihre These von der männlichen Ausstrahlung der Nachtwächterfigur?«

Und schon entwickelte sie ihm ihre Ideen, die er sich sehr freundlich anhörte, die er aber innerlich allesamt mit dem Stempel ʹUnwichtig für die Ermittlungenʹ versah.

»Herr Kröger, ich gebe Ihnen hier noch etwas zu lesen.«

Sie reichte ihm ein Schriftstück. »Ich habe diesen Text aus den städtischen Gerichtsakten gezogen. Aus einem grauen Pappkarton mit vergilbten Urkunden auf Pergament. Es ist die Zeugenaussage eines Nachtwächters aus dem Jahre 1588. Ich habe den Text etwas umgeschrieben. Er soll in meine Installation an der Bronzefigur eingebaut werden. Per Knopfdruck wird dann der Nachtwächter zum Sprechen gebracht und erzählt seine Geschichte.«

»Keine schlechte Idee«, bemerkte Kröger. »Das wirkt dann alles ganz echt. Szenen aus dem 16. Jahrhundert werden in unserer Innenstadt lebendig gemacht?« Sie nickte eifrig.

»Und außerdem abrufbar im Internet?«

»Genau. So soll es sein. Sei es in Rio de Janeiro, in Montreal oder in Kapstadt, überall wird man unsere Nachtwächtergeschichte aus dem 16. Jahrhundert hören und lesen.«

Kröger wurde immer neugieriger, nahm den Text hoch, rückte die Brille zurecht und las:

Zeugenaussage des Nachtwächters Thonnies Telen vor dem Stadtgericht im Jahre 1588

»Mein Name ist Thonnies Telen. Ich bin Nachtwächter in der Stadt. Meine bescheidene Wohnung am Thylenturm teile ich mir mit einem Türmer. Wir Nachtwächter und Türmer sorgen für Sicherheit, Ruhe und Ordnung in der Stadt. Aber neben den Abdeckern und Henkern haben wir keine Ehre, sondern werden verachtet wie die Männer der übrigen unehrlichen Berufe.

Deshalb, ehrwürdiges Gericht, danke ich, dass ich heute geladen bin, die Wahrheit zu erzählen. Es geht um eine schändliche Tat, begangen in der Finsternis der Stadt.

Wir Nachtwächter fürchten uns nicht, wenn wir in der Dunkelheit durch die Straßen und Gassen streifen. Dann liegen die braven Bürger im Schlaf,

51

ruhen friedlich und lassen die Nacht vergehen. Die bösen Geister und Dämonen der Nacht haben sie durch christliche Gebete von ihren Wohnungen verbannt.

So war es auch in dieser Nacht, etwa vor einem Jahr kurz nach Ostern. Nur ich allein wache und prüfe, ob nicht ein Feuer ausbricht, ein Dieb oder Unruhestifter durch die Straßen schleicht.

Es ist zwischen zwölf und ein Uhr. Ich gehe meine Runde, da höre ich ein Geräusch. Es wird lauter. Jemand poltert die Gasse entlang und verweilt vor dem Haus von Josten Stade.

Ich nähere mich dem Haus und sehe vor Josten Stades Haustüre eine Gestalt auf der Gasse hocken, die Hose herunter und sein Geschäft verrichten – laut stöhnend beim Drücken.

»He da, wachst machst du?«, frage ich.

»Ich kacke, und was ich hier mache, das frisst du«, antwortet der Kerl.

»Nein«, sage ich, »ich hab noch ´was and´res zu essen.«

Da zieht der Kerl die Hose hoch und rennt auf mich zu.

»Zurück, du Scheißkerl!«, rufe ich.

Der aber greift meinen Arm und klammert meine Hand fest, in der ich die Hellebarde halte.

»Ich will dir zeigen, wer hier Kacke frisst!«, schreit der Kerl, indem ich ihn mit der Linken zu packen versuche.

Wir stürzen beide zu Boden. Er rappelt sich hoch und es gelingt ihm davonzulaufen.

Kaum habe ich mich von dem Schreck etwas erholt und bin gerade unten am Kloster vorbei, da sehe ich den Kerl quer über die Straße auf mich zulaufen.

Er hat sich inzwischen eine Waffe besorgt, eine Lanze. Die hält er zum Angriff auf mich bereit.

Ich will mich wehren, aber er stößt gefährlich auf mich ein. Ich weiche aus, wieder stößt er zu.

Dann renne ich zurück und er treibt mich am städtischen Brunnen vorbei bis vor Kurt Herichs Haus. Plötzlich brüllt er los: »Zu Hilfe, der Nachtwächter will mich entleiben!«

Tatsächlich bin ich gut zu stehen gekommen und habe meine Hellebarde angriffsbereit in den Händen und sage: »Niemand will dich töten, leg die Lanze hin und ergib dich!«

In diesem Moment geht die Türe zu Herichs Haus auf und der Pfennigmeister der Stadt, aufgeweckt von dem Gebrüll, tritt heraus und ruft: »Was geht hier vor? Seid ihr von Sinnen? Mitten in der Nacht diesen Lärm!«

Da er sofort die Lage versteht, packt er den halb betrunkenen Kerl, entwendet ihm die Lanze und hilft mir, ihn festzunehmen.

Dann führen wir ihn ab und sperren ihn in das Verlies des großen Turmes in der Stadtmauer, wo die Türmer und Nachtwächter ihren Aufenthalt hatten.

Unterschrift: Thonnies Telen, gegeben zu Protokoll am 27. Februar 1588, Siegler: Johannes Limperger, verordneter Richter und Ökonom der gräflichen Landesschule.

»Das ist ein starker Text«, bemerkte Kröger und ließ das Blatt sinken. Er sah ihr anerkennend ins Gesicht, worauf sie mit einem leichten Anflug von Stolz auf ihr kleines Werk lächelnd entgegnete: »Ja, finden Sie?«

»Wenn ich mir vorstelle, dass diese Worte aus der Bronzefigur des Nachtwächters schallen werden, wenn die Betrachter ihren Klick machen, sei es an der Figur oder in den mobilen Geräten, dann wird das ein starker Auftritt, Frau Lydia.« Er starrte sie voller Bewunderung an.

Noch bevor ihn seine Gedanken wieder mit der Ermittlungssache beschäftigen konnten, dankte sie ihm ganz herzlich und sagte:

»Herr Kröger, da ihnen der Text gefällt, wage ich es, einen Wunsch zu äußern, wenn es Ihre Zeit zulässt.«

Kröger hatte ein Gefühl, als würde sich sein Hals vor Verlegenheit leicht röten. Er dachte: »Wenn mich hier der unverbesserliche Macho Walkner sehen würde! Gleich gehe ich mit ihr zum Kaffeetrinken ins `Mama Luigi´ und setzte mich mit ihr direkt vor die Nase von Walkner, den ich mir per Handy herbeirufe.«

Laut sagte er: »Gerne erfülle ich Ihre Wünsche, für Sie habe ich immer Zeit.«

»Herr Kröger, entschuldigen Sie, dass ich etwas persönlich werde. Wussten Sie schon, dass Sie eine sehr schöne, tiefe und männliche Stimme haben, wie geschaffen für poetische Vorträge?!«

Diesmal rötete sich Krögers Hals sichtbar. Von ihm gefühlt, aber nicht sichtbar, glühten seine beiden Ohren. Er wusste, dass ihm seine tiefe Stimme schon manches Kompliment am Telefon eingebracht hatte. Sie hielt aber leider nicht, was sie an männlicher Strahlkraft versprach, wenn er in natura als Person in Erscheinung trat. Deshalb war er jetzt in Verlegenheit und stammelte:

»Wie ...? Poesie?«

»Ja, Herr Kröger, genau. Sie würden mir einen riesengroßen Gefallen tun, wenn Sie den schönen Nachtwächtertext auf Band sprechen könnten. Dann hätte ich eine super Aufnahme für meine Installation. - Machen sie das für mich?«

Sie lächelte charmant und bewegte ihre Figur ganz leicht, und zwar so, dass, wie sie wusste, kaum ein Mann ihren Wunsch abschlagen würde.

Seine Reaktion verriet ihr sofort, dass er es machen wollte. Deshalb schob sie ihm, ohne zu zögern, ein kleines, edles Aufnahmegerät über den Tisch, das sie aus dem Medienpool ihrer Hochschule entliehen hatte, und sagte:

»Bitte, nehmen Sie dieses Profi-Gerät. Sprechen Sie bitte den Text auf Band. Ich bin jeden Tag der Woche hier im Stadtarchiv. Bringen Sie mir Ihre Aufnahme einfach hier vorbei.«

Kröger antwortete, ohne nachzudenken: »Okay, das will ich gerne für sie machen, weil ich Sie bei Ihrem Projekt unterstützen möchte.«

Dann fügte er als als Floskel der Bescheidenheit hinzu: »Aber Sie müssen wissen, ich habe keine Erfahrung als Sprecher, weder im Rundfunk noch auf der Theaterbühne.«

Im Stillen dachte er: »Sie hat mich einerseits gefangen, andererseits kann ich jetzt auch etwas verlangen. Ich werde mich mit ihr verabreden.«

Und er sagte laut: »Frau Kranack, ich mache das für Sie bis morgen fertig.« Pause. »Äh, und, äh, Ich lade Sie zum Frühstück ein ins Café »Mama Luigi« in der Bahnhofstraße, morgen um 10 Uhr. Was halten Sie davon?«

Froh, dass er es heraushatte, wartete er gespannt auf ihre Antwort. Sie schien etwas Bedenkzeit zu brauchen, wobei er in ihrem Gesicht zu erkennen glaubte, dass sie scharf nachdachte.

Schließlich strahlte sie ihn an mit den Worten: »Gerne, Herr Kröger. Ich bin ja so glücklich, dass Sie mir helfen, den ersten großen Baustein für mein Kunstprojekt »Nachtwächter« zu legen. Ich könnte Sie küssen vor Freude.«

Dabei spitzte sie ihren schönen Mund und hauchte einen Luftkuss hinüber, womit sich Krögers Anflug von Sorge, er müsste ihr vielleicht einen Höflichkeitskuss geben, erledigt hatte.

Ihr zart angedeuteter Kuss brachte seine Ohren sichtbar zum Glühen. Trotz dieser leichten Verwirrung der Gefühle gelang es ihm zu triumphieren. Er dachte: »Der Kollege

Walkner, selbsternannter Frauenheld, wird sich wundern!«

Draußen schlug die Turmuhr der Nikolai-Kirche die volle Stunde.

Das war für beide wie ein Signal, das Treffen zu beenden. Die Verabschiedung geschah mit den üblichen Höflichkeitsfloskeln, aber sie geschah auch in einem freundlichen, herzlichen Einvernehmen.

Als Kröger das Stadtarchiv verließ, wozu er durch das Büro der Geschäftsstelle schritt, war die freundliche Frau Huveisen offenbar schon zum Mittagessen gegangen. Auch der dicke Namensforscher war schon weg.

Kröger zog die Tür zum Archiv hinter sich zu und überquerte den Neustädter Markt. Er sah, dass die Turmfalken der Nikolaikirche nicht mehr kreisten und murmelte: »Die werden wohl auch Mittag machen.«

In der Fußgängerzone angekommen, überlegte er, wo er nun essen sollte: »Eine Bratwurst am Stand der Traditions-Metzgerei? Oder lieber einen Döner im persisch geführten Imbiss Oriental hinter der Kirche, wo der Transport der Nachtwächterfigur vermutlich vorbei ging? Er entschied sich für den Döner. »Aus ermittlungstaktischen Gründen«, wie er sich sagte.

6. Kombination im Döner-Imbiss

Kröger war froh, dass er sich für den Döner-Imbiss entschieden hatte: »Ich wollte doch mehr auf meine Figur achten, auch auf Essen mit wenig Cholesterin. Da ist ein Fladenbrot mit Krautsalat und Tzatziki günstiger als unsere gute alte Bratwurst

Während er dies dachte, betrat er die Imbiss-Stube mit einem kurzen »Hallo, Ali, alles klar?«, worauf der mit Ali angesprochene Angestellte ebenso halbvertraut antwortete: »Guten Tag, Doktor Kröger. Wie gähtt es Dir?« Und geschäftstüchtig: »Was will Doktor essen? Und trinken – schwarzer Tee?«

Kröger nahm auf einem der Edelstahlhocker an der Theke Platz, bestellte schwarzen Tee mit Zucker, dazu einen Veggie-Döner mit Krautsalat und Tzatziki.

Umgehend servierte Ali: »Bittä sehrr, Doktor. Doktor Kröger, immer guter Freund von Kurden.«

Kröger wusste, dass Ali Kurde war. Bei seinen vergangenen Besuchen hatte Kröger zu verstehen gegeben, dass er die kurdische Sprache und Kultur als etwas ganz Besonderes verstand. Und nachdem Deutschland begonnen hatte, die Kurden in ihrem Anti-Terror-Kampf gegen den sogenannten islamischen Staat aktiv zu unterstützten –

durch Waffenlieferungen und Militärberater – fühlte sich Ali als Waffenbruder der Deutschen, als kurdischer Türke mit Anerkennung. Und er sagte es jedem Gast: »Ich aus Türkei, aber ich Kurde.« Er sagte es, weil es dem Imbissgeschäft nützen sollte. Und das tat es auch.

»Ali«, sagte Kröger – und er sagte es so, dass es scherzhaft wirkte –, »die Figur des Nachtwächters ist weg. Glaubst du, dass die türkischen Werwölfe oder der islamische Staat sie geholt haben?« Kröger hatte sich gedacht, auf diese Weise ohne lange Umwege direkt zur Sache zu kommen.

»Aber Doktor, warum immer Verdacht auf Türken und Muslime?« Ali hatte die Augenbrauen hochgezogen. Mit lebhafter Gestik, den Zeigefinger auf seine Brust gerichtet, fuhr er fort: »Ich öffnen Imbiss jeden Tag um sechs Uhr. Ich sehen, dass kleiner Lastwagen –weiß – fährrt weg aus Fußgängerzone. Ich denken Straßenbau oder Arbeiter von Stadt. Vier Personen, Uniformen wie Arbeiter von Stadt. Dann lesen Zeitung: Bronzefigur weg, Metalldiebe? Ich denken, ja Ziganer, Romania.« –

»Also, ein weißer LKW, groß oder klein?«

»Ein 3,5 Tonner – vielleicht nix gross«, antwortete Ali, »Marke ich nix weiß, vielleicht

Mercedes   Transporter.   Nummernschild
Wiesbaden.

»Ich schließen Imbiss auf, Transporter fahren
weg, in Straße nach Kirche.«

»Danke, Ali.« Kröger hatte seinen Notizblock
gezückt und notierte: Transporter, 3,5 t, weiß,
vielleicht Mercedes, Wiesbadener Nummer.

Da sein Informant zu zwei neu eingetreten
Gästen hinüberging, um sie auf seine
freundliche Weise geschäftstüchtig zu
begrüßen und ihre Bestellung aufzunehmen,
nutzte Kröger die Zeit und sichtete seine
Unterlagen.

Er zog aus seiner abgewetzten Ledertasche den
ökologisch korrekten Pappordner, den die
schöne Kunststudentin aus Wien ihm
ausgehändigt hatte. Er öffnete den Ordner auf
und stieß sofort auf den »Nachtwächter-Text«.
Lydia Kranack hatte ihn damit bei seinem
Besuch im Stadtarchiv begeistert. Sie fand den
Text großartig, weil er eine historische Schicht
aus dem Leben der Menschen in der
spätmittelalterlichen Stadt vor ca. 400 Jahren
zum Vorschein brachte.

Die Nachtwächterfigur in der Fußgängerzone
war rein äußerlich betrachtet ein totes
Bronzedenkmal. Aber es reizte seinen
archäologischen Sinn für alles, was hinter
unserer Alltagswelt in tieferen Schichten im

Verborgenen lag. »Wer Sinn für Kunst hat, muss die Bronzefigur hinterfragen. Und ich muss die Geschichte noch einmal in Ruhe lesen« , sagte er sich. Dabei war ihm bewusst, dass er ein Wiedersehen mit der schönen jungen Studentin aus Wien in Aussicht hatte.

Er blätterte und sein Blick fiel auf ein weiteres Papier in dem Pappordner. Es zeigte eine Auflistung von Kleinstädten. Alle Städte lagen im Umkreis bis etwa 100 Kilometer vom Ort des Nachtwächter-Diebstahls entfernt. Jede dieser Städte hatte eine Bronzefigur in der Innenstadt. Gelistet waren die nordhessischen Kleinstädte Hofgeismar, Immenhausen, Eschwege, Rothenburg an der Fulda, Bad Wildungen, Bad Arolsen, Fritzlar, Wolfhagen, Melsungen. Dazu noch ein paar Städte im Westen nach Nordrhein-Westfalen: Medebach, Brilon, Niedermarsberg und Warburg. – Vierzehn Städte.

Kröger rechnete: »Wenn jede Stadt nur eine Bronzefigur mit einem Gewicht von 500 Kilogramm hat, dann könnten kriminelle Schrotthändler auf einen Schlag etwa sieben Tonnen Bronze zusammen kriegen. Bei einem Schrottpreis von ca. 3 Euro je Kilogramm macht das eine Beutesumme von über 20 000 Euro. Davon kannst du dir in Bulgarien ein schönes Landhaus kaufen.«

Die Auflistung enthielt auch Bildchen mit Miniaturansichten der Bronzefiguren. Kröger musste schmunzeln.

Es ging von Märchenfiguren der Brüder Grimm, nämlich dem Hans in Glück und dem Wolf mit den sieben Geißlein über historische Handwerksberufe wie die Lohgerber, den Bartenwetzer, den Nachtwächter, die Bauersfrau, die Waschfrau und den Schuhmacher bis hin zu einem Heiligen, dem Missionar Bonifatius im 7./8. Jahrhundert.

Als politische Figuren gab es den hessischen Landgrafen Philipp, genannt der Großmütige, aus dem 16. Jahrhundert und schließlich aus dem neunzehnten Jahrhundert den deutschen Kaiser Wilhelm I., von dem in ganz Deutschland einmal über tausend Denkmäler aufgestellt waren, weil er das Reich geeint hatte. »Hunderte sind immer noch vorhanden«, murmelte er.

Ihm fiel auch auf, dass eine nordhessische Stadt besonders hervorstach. Sie wurde von einer größeren Anzahl von Bronzefiguren bevölkert, die alle Anfang des 21. Jahrhunderts angeschafft wurden.

»Allein dort wäre eine Beute von mindestens 15.000 Euro Schrott zu machen«, dachte er.

»In allen gelisteten Städten also zusammen bestimmt 35.000 Euro.«

»Und ich kalkuliere nur die Schrottpreise. Die Anschaffungswerte und die künstlerischen Werte sind viel höher. Meistens werden die Figuren von Heimat- und Kulturvereinen ausgesucht und aus Spendengeldern bezahlt. Zum Zeitpunkt ihrer Anschaffung spiegeln sie ein bisschen die Seele einer Stadt. Man muss sich wundern, dass es kein Sicherungssystem für all diese Figuren gibt.«

Er wurde vom Inhaber des Imbisslokals in seinen Gedanken unterbrochen.

Ali, der auf sein Kurdentum stolze Wirt, war vom Tisch der Gäste wieder schnell hinter seinen Tresen zurückgekehrt und hantierte mit Tellern und Schüsseln. Jetzt hatte er alle Hände voll zu tun.

Zu Kröger gewandt fragte er, ob es wie immer mit viel Knobi sein dürfe, wobei er vielsagend lächelte und mit dem rechten Auge zwinkerte.

»Gerne«, antworte dieser und steckte in Erwartung seiner Finger-Food-Mahlzeit die Papiere im Pappordner zurück in die Aktentasche.

Als Ali die Pita mit Tzatziki servierte, kam er auf den gestohlenen Nachtwächter zurück:

»Früher Stadt nachts zu, alle Tore geschlossen. Räuber bleibt draußen. Nachtwächter war Polizei. - Heute ganz Deutschland offen, kommen Räuber aus ganzer Welt. Polizei nichts wissen.« Dabei grinste er erwartungsvoll.

»Recht hast du«, bestätigte ihn Kröger, wobei er sich im Stillen wunderte, wie treffend der einfache Mann aus der Türkei das aktuelle Sicherheitsproblem des Landes und seiner Städte analysieren konnte. Unwillkürlich gab ihm der schwere Gedanke einen sehr ernsten Gesichtsausdruck. Ali bemerkte das und versuchte, ihn etwas aufzumuntern:

»Aber Kurden und deutsche Bundeswehr jetzt Waffenbrüder. Kämpfen gegen Terror, damit nix Problem in Deutschland.«

Er grinste breit, wandte sich seiner Arbeit hinter dem Tresen zu und lief dann hinüber zu den Gästen, um ihnen ihr Essen zu bringen.

Kröger nickte zustimmend und lächelte freundlich. In Gedanken allerdings grübelte er über die Liste mit den Bronzestatuen nach: »Wer hat diese Liste angefertigt? Die schöne Kunststudentin aus Wien? Oder irgendeine Behörde, die sich mit dem Schutz von Kulturgütern befasst?«

Sein Handy schreckte ihn auf. Es brummte und vibrierte. »Ist das vielleicht Lydia Kranack?« – »Ach, nur Walkner!«, stellte er mit einem Blick auf das mit Panzerglas geschützte Display seines Handys fest. –

»Kröger, wo bist du?«, wollte Walkner wissen.

Kröger gab seinen Standort durch.

»Hast du schon gegessen, Kröger? Gut. Es gibt 'was Neues. Der Chef will uns beide sprechen. Dachten wir doch, die Nachtwächtergeschichte hinge mit dem Tod des rumänischen Schrotthändlers an der Autobahnraststätte Diemelstadt zusammen.«

»Ja, das sah so aus«, bemerkte Kröger. »Was gibt es denn Neues?«

»Das sollst du dir vom Oberst selbst erklären lassen. Die Kripo hat den Fall »Nachtwächter« von der Mordsache »Autobahn-Raststätte Diemelstadt« getrennt; die örtliche Dienststelle ermittelt nur noch zum Nachtwächter, in Kassel dagegen ermittelt eine Mordkommission zum getöteten Schrotthändler. Der Oberst hat dazu seine eigene Meinung – und einen Plan. Er will uns beide persönlich informieren. Etwas ungewöhnlich. Schaltet er sich doch nur selten in eine laufende Sache ein.«

»Das wird ja spannend«, sagte Kröger. »Ich bin in 15 Minuten bei euch im Büro.«

Kröger zahlte, nahm seine Sachen und sagte zu Ali: »Danke für die leckere Pita und für deine Info zum Nachtwächter-Diebstahl. Vergiss unsere nicht unsere Waffenbrüderschaft, die deutsch-kurdische!. Tschüss.«

Und er war draußen in der Fußgängerzone, wo er sich auf den Weg zum Büro der Detektei Fuchser machte.

7. Beratung im Polizeipräsidium

Susanne Kröger hatte gerade das Telefongespräch mit ihrem Papa beendet, als sie zum ersten Mal eine forensische Leichenschau erlebte. Der pensionierte Mediziner der Kasseler Gesamthochschule wies auf eindeutige Spuren von Gewalteinwirkung am Körper des toten Schrotthändlers hin.

Dann erschien als Zeugin eine rumänische Frau im mittleren Alter. Ein Dolmetscher begleitete sie und führte sie zur Leiche.

Plötzlich wurde es dramatisch.

Kaum hatte die Rumänin die Leiche gesehen und den Verstorbenen als ihren Freund und Lebensgefährten erkannt, da schrie sie los und weinte verzweifelt. Sie riss sich einen breiten blauen Wollschal herunter und wollte sich auf die Leiche stürzen.

Hauptkommissar Wolf Verding von der Polizeistation Arolsen und Staatsanwalt Moritz Lecksus von der Behörde in Kassel hielten sie gemeinsam zurück. Sie redeten auf sie ein, wobei der junge Dolmetscher, ein blonder, schlanker Mann von etwa 30 Jahren, nicht nur gewissenhaft dolmetschte, sondern die Frau auch in den Arm nahm und ihr half, die Tränen abzuwischen. Das beruhigte sie, sodass man sie hinausführen konnte.

Ein Streifenwagen brachte sie zum Kasseler Polizeipräsidium, wo man sie eingehend befragte.

Im Vernehmungsprotokoll war festgehalten, dass sie, Magda Moroni, vor 15 Jahren mit dem Verstorbenen Jerwin Euronescou nach Deutschland gereist war, um ihm den Haushalt zu führen. Sie hätten immer nur ehrlich gearbeitet. Ihr lieber Jerwin habe seinen Schrott regelmäßig in denselben nordhessischen Ortschaften gesammelt. Er sei bei vielen Kunden schon bekannt gewesen. An guten Tagen habe er eine Tonne Schrott heimgebracht. Über 100 Euro sei dann der Erlös gewesen. Per Banküberweisung mit Western Union habe er jeden Monat Geld in sein Heimatdorf bei Sibiu geschickt, wo seine Mutter lebt und eine Tochter. Er habe nie dem Druck von Banden aus dem Ruhrgebiet nachgeben wollen. Aber zuletzt sei es ganz schlimm geworden.

«Wir schlagen dich tot», habe sie am Telefon gehört, «oder du machst die Fahrt . Nordhessen ist dein Revier, du kennst dich aus.»

Dann habe sie gehört, wie ihr Jerwin dagegen hielt:

«Aber es kennen doch alle meinen blauen Lieferwagen mit rumänischem

Nummernschild. Ich brauche meinen Wagen für das Sammeln von Sperrmüll und für meine Transporte nach Rumänien.«

Magda erklärte, sie habe alles genau gehört, weil ihr Jerwin das Telefon laut gestellt hatte. Die Gangster aus Dortmund hätten ihn beschimpft und ihm Befehle gegeben, etwa so:

»Hör gut zu, du Scheißer, du kriegst einen neutralen Wagen von uns, den stellen wir dir auf den Parkplatz neben der Autobahnraststätte Diemelstadt, hast du verstanden? Damit holst du die Ware. Wenn du um 10 Uhr nicht mit dem Transport da bist, kannst du dein Testament machen. Und deine Tochter in Rumänien wird von uns abgeholt. Verstanden?«

Jerwin habe am ganzen Leib gezittert, als er das Gespräch beendete.

Das Vernehmungsprotokoll enthielt noch den Hinweis, der Getötete sei an dem Tage der Tat allein gefahren. Sein zwanzigjähriger Neffe Radu Logan aus Kassel-Lohfelden, der ihn normalerweise begleitete, sei mit dem Kleinlaster im Kreis Wolfhagen unterwegs gewesen. Man habe eine Polizeistreife losgeschickt, um den Mann aufzusuchen und zu befragen.

Das Protokoll wurde umgehend weitergereicht an die für organisierte Kriminalität zuständige

Abteilung unter der Leitung von Polizeidirektor Bröhne, der in seinem Büro auf die Ergebnisse der Leichenschau wartete.

Inzwischen war die Rechtsreferendarin Susanne Kröger zusammen mit Staatsanwalt Lecksus und Hauptkommissar Verding ebenfalls mit einem Streifenwagen am Präsidium angekommen. Sie tranken in der Kantine einen Kaffee, als Kommissar Verding einen Anruf bekam. »Von oben«, wie er sagte.

Es war Polizeidirektor Bröhne, der die Ermittlungen leitete und sie alle drei zu einer Besprechung bat, und zwar in sein modern und bequem möbliertes, geräumiges Abteilungsleiter-Zimmer.

Der Polizeidirektor saß am Kopfende eines großen Bürotisches und sagte, er danke besonders den Vertretern der Staatsanwaltschaft, dass sie die laufende Ermittlungsarbeit so direkt verfolgten. Dann reichte er jedem einen Protokollauszug und das Bild einer Deutschlandkarte.

Die Karte zeigte Markierungen, die sich wie eine dicke Spinne über Westfalen und das Ruhrgebiet legten. Der Körper der »Spinne« lag im Bereich des Ruhrgebiets und ihre fünf langen Beine erstreckten sich nach Norden, Osten und Süden über die jeweiligen Autobahnen.

Bröhne wartete, bis jeder die Papiere vor sich hatte. Als sie ihn nach einem ersten Durchblättern erwartungsvoll anschauten, sagt er:

»Was Sie auf der Karte sehen, ist das Bewegungsprofil einer international agierenden Bande von Metalldieben. Sie sehen, dass der Schwerpunkt der Aktivitäten im Ruhrgebiet liegt. Es geht aber auch weit ins Land hinein.«

Er pausierte, blickte über seine Brille und bemerkte, dass seine Zuhörer mit den Fingern auf dem ausgeteilten Blatt die »Spinne« und ihre langen »Beine« verfolgten.

Dann sprach er weiter: »Die Polizei in NRW hat Erkenntnisse, dass etwa 100 Ausländer vom Balkan, teilweise Familien-Clans, seit Jahren schon in straff organisierten Tätergruppen Metallfirmen ausrauben.

Die Beute wird oft mit einem Metallschneidegerät zerlegt, dann in die Niederlande gebracht und als Schrott verkauft. Wir haben vor einem Monat die ersten Tatverdächtigen festgenommen und es erfolgten mehrere Haftbefehle.« Wieder blickte er über seine Lesebrille und beobachtete zufrieden die Reaktionen seiner Zuhörer.

Die Sprechpause Bröhnes nutzend, sagte Staatsanwalt Lecksus: »Das ist aber mal was. Da bin ich gespannt, ob unser Fall damit in Verbindung steht. Ich frage mich, warum man nicht mit einer Razzia sofort losschlägt. Wodurch ist man denn der Bande auf die Schliche gekommen? Hier in Nordhessen ermitteln wir doch auch schon seit Jahren, konnten aber noch nie eine größere Bande nachweisen.«

Polizeidirektor Bröhne: »Auf Ihre zwei Frage gibt es auch zwei Antworten, eine kurze und eine längere. Zunächst die kurze: Ja, in NRW ist eine Razzia geplant, das Landeskriminalamt ist eingeschaltet und wegen der zu erwartenden großen Resonanz in den Medien muss auch die Politik mit entscheiden. Also, Diskretion, bitte.

Die Sache hängt jetzt im Innenministerium, Der zuständige Staatssekretär hat noch nicht geantwortet, und der Minister ist im Wahlkampf. Unser Regierungspräsident mauert auch.«

An dieser Stelle konnte sich Hauptkommissar Verding eine bissige Bemerkung nicht verkneifen: »Na, dann gute Nacht. Vor der Wahl können die so ein großes Ding nicht gebrauchen, aus Angst vor Ausländerfeindlichkeit in der Bevölkerung.«

Bröhne schaute seinen Untergebenen etwas missbilligend an und sagte, wobei er einen Seitenblick auf die Referendarin und den Staatsanwalt warf: »Ich darf doch um etwas mehr Sachlichkeit bitten! Wir sind dem Rechtsstaat verpflichtet.«

Dann fuhr er mit seinem Bericht fort:

»Ich komme jetzt zu Ihrer zweiten Frage, Herr Staatsanwalt.«

Er machte eine Pause.

»Es ist ganz einfach. Einer hat gesungen. Bitte sehen Sie sich auch das Vernehmungsprotokoll an. Es ist beigefügt. In etwas gekürzter Form. Ich darf es einmal verlesen:

Heute erschien auf dem Revier in Dortmund Nordstadt der rumänische Staatsbürger Jarek Branko, geb. am 14. 05. 1998 in Sibiu, und gab zu Protokoll, dass er in seiner rumänischen Heimat angeworben wurde, um in Deutschland einer regulären Arbeit nachzugehen.

In Dortmund angekommen, habe er erfahren, dass er für Familienclans Einbrüche begehen sollte. Man habe ihn gezwungen, an solchen Straftaten teilzunehmen. Als «Gehalt» habe er 150 bis 200 Euro pro Tat bekommen.

Er sagte: «Von dem Geld musste ich dem Chef der 15-köpfigen Bande Miete und Essensgeld bezahlen.

Rund 20 Euro im Monat musste ich für eine Matratze bezahlen. Wenn in dem Schlafquartier der Kühlschrank aufgefüllt wurde, hielten die Chefs wieder die Hände auf.

Wir waren 15 Männer, die in einer Wohnung schliefen. Ich teilte mir mit den übrigen Arbeitern ein Zimmer mit mehreren Matratzen auf dem Boden,

Wir hatten einen Chef der Gruppe, der hieß Brigade-Führer. Er wohnte im eigenen Zimmer, sein Fahrer ebenso.

Der Brigade-Führer hatte die Aufsicht über den Fahrer und über uns Arbeiter. Die Arbeiter wurden regelmäßig ausgetauscht. Einige Arbeiter waren die «Pfeile». Sie erkundeten die Ziele für einen Einbruchdiebstahl und standen während der Tat vor den Gebäuden Wache. Andere Arbeiter hießen «die Toten». Sie waren für die Schwerstarbeit zuständig und schafften das Diebesgut, schwere Metallgegenstände, aus den Fabrikhallen.«

Der Zeuge berichtet weiter, dass sie mit mehreren Fahrzeugen zu den Tatorten gereist seien, Anfahrt, Tat, Abtransport und Verkauf seien unabhängig voneinander geschehen.

Die Tatfahrzeuge für gestohlenes Metall seien ältere Sprinter-Modelle mit ausländischen Kennzeichen gewesen. »Die Brigade« sei mit Großraumwagen wie Ford Galaxy angereist.

Die Täter seien an »guten« Tagen 400 Kilometer unterwegs gewesen. Das Diebesgut sei zu Händlern in den Niederlanden und in Bochum gegangen."

Bröhne legte das Papier nieder und nahm seine Lesebrille ab:

»Meist waren die Täter im Ruhrgebiet unterwegs, entlang der Autobahnen zieht sich ihre Spur aber durch ganz Deutschland. Durch DNA-Spuren wiesen unsere Kollegen in NRW auch Taten in den Niederlanden, Österreich und Italien nach.«

Dann las er weiter.

»Die Täter sind derzeit für rund 230 Taten verantwortlich, der Schaden geht in den zweistelligen Millionenbereich.

Am schlimmsten hat es einen Unternehmer aus dem Hochsauerlandkreis getroffen, einen Automobilzulieferer. Nach mehreren Einbrüchen in seiner Firma, immer durch die gleichen Täter, konnte er seine Kunden nicht mehr beliefern und ging insolvent.«

Bröhne schwieg und schaute in die Runde. Er hatte offenbar seinen Bericht beendet.

Wieder musste Verding eine spitze Bemerkung einwerfen:

»Diese Metall- und Schrottdiebstähle sind seit Jahren eine Pest, praktisch deutschlandweit.

Das haben wir von den offenen Grenzen. Selbst wenn man mal einen Täter zu fassen kriegt, bekommt er wegen Diebstahls doch nur eine milde Strafe, zumal, wenn er das erste Mal ertappt wurde.«

»Na ja«, sagte der Staatsanwalt, »immerhin sieht das Gesetz bei schwerem Bandendiebstahl eine Haft zwischen einem und zehn Jahren vor.«

Darauf meldete sich der Hauptkommissar noch einmal zu Wort und fragte seinen Vorgesetzten: »Ist es denn seit den ersten Festnahmen in Dortmund etwas ruhiger geworden?«

Sein Chef schüttelte betrübt den Kopf: »Leider nein, da sich durch die ersten Festnahmen die anderen Einbrecher nicht abschrecken ließen. Man hat Gespräche mitgeschnitten, darin sagen sie: ˋWie blöde waren doch die Kollegen, sich von der Polizei erwischen zu lassen.´«

Es klopfte an der Tür. Alle blickten auf. Ein Beamter betrat den Raum.

»Was gibt es?«, fragte Bröhne.

»Wir haben ein paar Mobiltelefon-Gespräche ausgewertet. Radu Logan, der Neffe und Gehilfe des verstorbenen Schrotthändlers ist von Landsleuten in Essen aufgefordert worden, am Montag nach Diemelstadt zu fahren und dort im Lokal an der Autobahnraststätte »die Ware« - was immer das sein mag - zu übergeben.«

Der Beamte machte eine Pause.

Bröhne zog die Augenbauen hoch: »Das ist ja eine interessante Entwicklung in unserem Fall. Auf dem Parkplatz in Diemelstadt wurde unser Schrotthändler getötet.«

Staatsanwalt Lecksus schlug vor, eine Zivilstreife zu schicken. Die Polizeistation Bad Arolsen müsse einen Streifenwagen unauffällig in die Nähe bringen.

»Vielleicht soll es zum »Show Down« zwischen irgend welchen Clans in NRW und den Kasseler Partnern des verstorbenen Schrotthändlers kommen. Die geforderte `Ware´ scheint Metall zu sein, vielleicht auch Geld oder Drogen.«

Direktor Bröhne sagte: »So könnte es sein, Herr Staatsanwalt. Wir können unsere Sitzung beenden.«

Und zu Hauptkommissar Verding gewandt: »Bitte fahren Sie Montagfrüh mit ihrem Team sofort zu Dienstbeginn los. Schusssichere Westen nicht vergessen! Möglicherweise wird durch das Zusammentreffen der Leute aus Essen und Kassel klar, wer hinter der Tötung des Schrotthändlers stand. Vielleicht können sie verhindern, dass noch weitere Verbrechen geschehen. Sollten die beiden rumänischen Metallsammler mit den Leuten der Clans in Essen und einer uns bekannten Gruppe in Kassel aufeinandertreffen, dann sehe ich sie schon mit blanken Messern hauen und stechen.«

Hauptkommissor Verding konnte sich die Bemerkung »Immer diese Messerstecher!« nicht verkneifen.

Dafür bekam er einen strengen Blick des Polizeidirektors, der abschließend sagte: »Wenn sie gestatten, Herr Staatsanwalt, unsere Sitzung sollte nun beendet sein.«

Lecksus nickte und und neigte sich zu Bröhne hinüber, um ihm halb privat zu sagen: »Ich hätte da noch eine Kleinigkeit mit Ihnen persönlich zu besprechen, aber nur ein paar Minuten.«

Susanna Kröger war froh, dass sie nicht länger verpflichtet war, an der Dienstbesprechung teilzunehmen.

»Vielleicht wollen die mich auch nicht dabeihaben, wenn sie vertrauliche Informationen austauschen?«, dachte sie. »Haben sie etwa geheime Einzelheiten zum weiteren polizeilichen Vorgehen? – Egal, ich genieße jetzt meinen Feierabend.«

Damit war sie durch die große Glastür des Gebäudes ins Freie gelangt. Mit ihren halbhohen Absatzschuhen klapperte sie über den Gehweg in Richtung Straßenbahnhaltestelle.

Zwei Wagen der Zivilfahndung kamen mit Blaulicht vom Gelände des Präsidiums, fuhren langsamer und achteten die Vorfahrt. Sie schaute hin, ihr brauner Pferdeschwanz wippte. Einer der Beamten grüßte, indem er an seine imaginäre Schirmmütze tippte und grinste. Daneben erkannte sie Hauptkommissar Verding, der sie bei offener Scheibe heranwinkte.

»Haben sie Lust, am Montag bei einem Einsatz mitzufahren?«

»Zu einem Einsatz? Wie kommen Sie denn darauf?«

Er lachte sie auf seine typisch offene Weise an: »Sie interessieren sich doch für den Fall »Ausländische Schrotthändler und Metalldiebstahl, Stichwort Nachtwächterfigur. Jeder Referendar muss doch mal erleben, wie die Praxis aussieht, bevor er bei den Herrschaften des höheren Dienstes am Schreibtisch landet.«

»Das klingt ja spannend, aber ich muss das wohl erst von oben anordnen lassen beziehungsweise um Genehmigung bitten.«

»Das ist schon geschehen, der Herr Staatsanwalt fährt höchstpersönlich mit, weil er die Einsatzleitung aus Nordrhein-Westfalen sprechen will. Die wollen sich koordinieren und einen großen Ring in der organisierten Kriminalität knacken.«

»So ist das also. Und Staatsanwalt Lecksus wird dabei sein?«

«Am Montag fahren wir einen interessanten Einsatz, lassen Sie sich mal überraschen!«

Susanna mochte diesen Polizistentyp, der immer offen heraus war, sportlich.

»Vielleicht ein bisschen zu direkt«, dachte sie.

Er verstand ihr zustimmendes Lächeln und wusste, dass sie mitkommen würde.

»Wir fahren Montag früh um acht Uhr am Präsidium los. Sind Sie dabei?«

»Okay, ja, das will ich mal erleben. Also, dann Montag früh im Präsidium, Treffpunkt Cafeteria!«.

Verding grinste breit, tippte an seine nicht vorhandene Schirmmütze und schaute ihr noch so lange nach, wie sein Kollege den Wagen in Richtung Bundesstraße beschleunigte.

8. Susanna und der Dolmetscher

Als sich Susanne der Straßenbahnhaltestelle näherte, bemerkte sie, dass eine ganze Traube von Leuten wartete.

»Prima«, dachte sie, dann kommt die nächste Bahn ziemlich bald, wenn so viele Leute schon da sind.«

Eigentlich wollte sie sich gerade »verstöpseln«, wie sie zu sagen pflegte, und die Ohrhörer des Smartphones benutzen, um ein bisschen Musik zu hören. Aber da fiel ihr Blick auf eine männliche Gestalt in Jeans, groß, schlank, blond.

»Gut aussehender Typ«, dachte sie, »das ist ja der Dolmetscher von heute bei der Leichenschau!«

In diesem Augenblick drehte er den Kopf, erkannte sie und sagte freundlich »Hallo.« – »Hallo«. Sie lächelte zurück.

Drei Schritte, und schon stand er neben ihr, blickte von oben freundlich auf sie herunter. »Wir kennen uns doch von der Leichenschau, Frau Kröger, stimmt's? - Auch Feierabend?«

»Ja, ich wollte noch kurz in der Mensa etwas essen.«

Die Straßenbahn hielt etwas quietschend, die Türen öffneten sich, Leute stiegen aus. Der nette Blonde streckte seine Hand hin:

» Adam Zenn, studiere hier in Kassel an der Kunsthochschule.«

Während der Leichenschau war alles so förmlich abgelaufen. Er war mit der verzweifelten Frau des Verstorbenen beschäftigt gewesen, sie dagegen hatte sich pausenlos auf ihren Staatsanwalt und auf die Polizeibeamten konzentrieren müssen.

Gerne ergriff sie seine zur Begrüßung ausgestreckte Hand: »Ja, ich bin Susanna. Das Studium habe ich zum Glück hinter mir. Vorhin hast du mich als Rechtsreferendarin erlebt.«

Sie stiegen ein, blieben im Türbereich stehen, wo sie sich an den Haltestangen festhielten, während die Bahn ins Tal rollte.

»Ich fahre auch zur Mensa. Wollen wir zusammen essen gehen?«

»Gerne, prima, das passt«, antwortete sie. «Bist du öfter als Gerichtsdolmetscher tätig?«

»Ja, gelegentlich, da verdient man sich etwas Geld. Ich mache auch Übersetzungen als vereidigter Dolmetscher. Und du hast offenbar zum ersten Mal vor einer Leiche gestanden?« sagte er halb fragend.

Sie nickte: »Ja, das war meine erste Leiche. Und du erlebst das bei deiner Tätigkeit als Gerichtsdolmetscher öfter?«

»Nein, nein, das ist sehr selten, dass einer meiner rumänischen Landsleute auf diese Weise zu Tode kommt.«

»Bist du denn Rumäne?«, wollte sie wissen.

»Ja und nein. Geboren bin ich in Siebenbürgen, rumänischer Staatsbürger bin ich auf diese Weise automatisch geworden. Aber ich bin eigentlich deutscher Herkunft. Meine Familie gehört zu den Siebenbürger Sachsen. Du weißt ja, dass sie bis zu ihrer Vertreibung nach dem Zweiten Weltkrieg schon seit dem 13. Jahrhundert im heutigen Rumänien ansässig waren.«

»Ja«, bestätigte sie seine Worte, »das Zentrum ist Hermannstadt, nicht wahr? Ich habe davon gehört.- Du sprichst aber kaum mit Akzent.«

»Das ist kein Wunder, denn meine Eltern sind schon vor vielen Jahren nach Deutschland ausgewandert und ich bin fast vollkommen hier aufgewachsen, habe in Kassel mein Abitur gemacht und studiere jetzt. - Wo kommst du denn her?«

»Ich stamme hier aus Nordhessen, und zwar aus einer der vielen Kleinstädte mit Fachwerkhäusern und mittelalterlichem

Charme im Zentrum und Industrie und Gewerbe an den Rändern. Dazu noch Gold seit dem Mittelalter in einem benachbarten Berg.«

»Lass mich raten«, sagte er, »ihr habt zwei fantastische mittelalterliche Kirchen und ein super Museum mit bedeutenden archäologischen Funden?«

Das Gold aus dem Eisenberg oder den urzeitlichen Hund, das Skelett einer Vorform des heutigen Hundes?«

Sie nickte strahlend: »Richtig«, was ihn ermutigte, noch mehr von seinem Wissen zu zeigen.

»Ich denke, beides ist toll. Aber besonders beachtenswert ist das Altarbild in der Kilianskirche. Aber auch das in eurer zweiten Kirche. Beide Bilder sind aus der Reformationszeit, vom selben Maler, einem Franziskanermönch. Und in der zweiten Kirche habt ihr ein Fürstengrab, großes Barock-Denkmal, ein imposantes Reiterstandbild zur Erinnerung an den Waldecker Grafen, der vom Kaiser zum Fürsten ernannt und damit in den Hochadel aufgenommen wurde.«

»Richtig, seitdem haben wir bis heute im Landkreis einen Fürsten und nicht mehr wie früher einen Grafen.«

Sie lächelte ihn bewundernd an: »Du kennst dich aber gut aus, man merkt, dass du Kunst studierst.«

So lernten sie sich kennen, das Gespräch lief gut. Die Straßenbahn hielt, sie stiegen aus und gingen zusammen in Richtung Mensa.

Beim Essen erzählte sie ihm von den verschiedenen Stationen, die sie als Rechtsreferendarin bis zum zweiten Staatsexamen zu durchlaufen hatte.

Er fragte hier und da nach, sehr interessiert. Sie lachten gelegentlich.

Kurz bevor sie vom Tisch aufstanden, fragte er, halb verlegen, halb charmant: »Hast du noch Lust auf ein Glas Wein in der Kneipe drüben an der Kunsthochschule?«

»Gerne, warum nicht, der Tag war sowieso schon lang genug für mich.«

Sie bummelten los und kurze Zeit später saßen sie sich in der Kneipe gegenüber.

»Wein und Kunst, das gefällt mir.« Dabei streifte sie mit einer leichten Handbewegung ihr Haar aus der Stirn und leuchtete ihn mit ihren braunen Augen an: »Weißt du, ich habe mal, bei einem Kunsthändler in London ein Praktikum gemacht und mich mit dem Urheberrecht von Bildern beschäftigt.«

»Klingt spannend, dann warst du ja Fälschern auf der Spur. Und nach dem Tod des Schrotthändlers suchst du jetzt einen Mörder, nicht wahr?«

Sie lachte: »Genau, jetzt bin ich auf einer heißen Spur.«

»Gut, dann will ich der hübschen Ermittlerin sagen, was ich von der Frau des zu Tode gekommenen Schrotthändlers erfahren habe.«

»Oh, spannend, da bin ich ganz Ohr.« Sie blickte ihn mit weit geöffneten Augen erwartungsvoll an.

Er merkte, wie sie wie gebannt auf seine Worte wartete, schmunzelte leicht und nahm sich ein ganz kleines bisschen mehr Zeit als nötig für seine Antwort:

»Magda Moroni, so heißt sie, sagte mir nach der Leichenschau: »Die Metall-Mafia in NRW hat ihn erpresst.«

Kaum hatte Susanna das vernommen, da stieg in ihr eine unbändige Wut hoch. Sie erinnerte sich an die Figurengruppe in der Fußgängerzone, an den Nachtwächter mit seinen Hunden und wie sie als Kind immer dort Halte machte, um sich auf eine der Hundefiguren zu setzen.

»Metalldiebe!«, schnaubte sie verächtlich und vor Zorn: »Am liebsten würde ich besonders die Metalldiebe fassen, die in der Fußgängerzone unsere große Nachtwächterskulptur aus Bronze geklaut haben. Ich finde es unerträglich, dass immer öfter Metalldiebe an unsere Kunst im öffentlichen Raum rangehen. Glaubst du, dass der tote Schrotthändler etwas damit zu tun hatte?«.

»Nein, das glaube ich nicht. Der Mann war eine ehrliche Haut. Seit vielen Jahren hat er im Kasseler Raum Schrott gesammelt. Offenbar hat er nie etwas geklaut. Man kannte ihn in der Region. Sein Erkennungszeichen war ein nervtötendes Gebimmel, wenn er mit seinem kleinen Lastwagen durch Dörfer und Stadtteile fuhr. Manch einer, der eine alte Landmaschine, einen schrottreifen Trecker oder eine alte Ölheizung loswerden wollte, rief ihn sogar an.«

»Unser schöner Nachtwächter!«, seufzte sie. »Als Kind habe ich mich immer so gefreut, wenn ich in der Fußgängerzone an unserem gusseisernen »Pulverkopp« vorbeikam.«

»Pulverkopp?«

»Ja, so nannte man früher unsere Nachtwächter, weil sie angeblich bei ihren nächtlichen Rundgängen gerne einen

Branntwein tranken, gegen die Kälte und zur Vertreibung von Gespenstern. Sie sollen bei der kleinsten Unregelmäßigkeit heftig reagiert haben. Sie waren Hitzköpfe«, erzählte sie. «Sie explodierten wie Schießpulver, indem sie bei der kleinsten Erregung lospolterten. Sie waren eben `Pulverköppe´

»Interessant«, bemerkte er mit einer Beiläufigkeit, die signalisierte, dass er in Gedanken schon woanders war.

Dann fuhr er fort.; »Ich kann eigentlich mit all den volkstümlichen Figuren in den Fußgängerzonen wenig anfangen. Kunst und Kitsch sind da eng beieinander.

Da sind die Figuren unserer großen aktuellen Künstler wie Stephan Balkenhol eine ganz andere Nummer. Er ist hier in Kassel auf einer »documenta« groß rausgekommen. Ich denke an seine riesenhohe Bronzegestalten in Hamburg vor der Zentralbibliothek. Jeder bleibt da stehen, guckt und wird zum Nachdenken gebracht.«

»Ja«, sagte Susanne, »während meines Studiums in Bonn ist mir eine seiner Gestalten aufgefallen. Sie guckt in den Himmel. - Ich merke, du kennst dich mit der Kunst im öffentlichen Raum aus. Du interessierst dich für die große Kunst, die wahre Kunst. Wo bleiben wir Nichtkünstler da mit unserer naiven Begeisterung für einen Nachtwächter?«

Darauf er, fast philosophisch:

»Jede echte Begeisterung für ein Werk ist etwas Wahres. Die Wahrheit gibt es nicht mehr als sinnfälligen Ausdruck durch das Werk. Sie entsteht erst, wenn der Betrachter seine eigene Wahrheit konstruiert.«

Susanne kommentiert das lachend mit: »Da redet der Kunstprofessor, komm, machen wir es uns heute nicht so schwer!«

»Gut, dann erzähle ich dir ʼwas von meinem Projekt in der Kasseler ʼdocumentaʼ.«

»O ja, wie spannend. Machst du auch eine Skulptur?«

»Nicht ganz, ich mache eine Installation, dabei kopiere ich.«

»Na, zum Glück kopierst du nicht deine Doktorarbeit«, witzelt sie, worauf er lachend fortfuhr.

»Nein, ich befasse mich mit zwei Denkmälern. Ich mache Abformungen von zwei Kaiser-Denkmälern und transportiere sie als Gipsfiguren nach Athen. Ja, du hast richtig gehört, nach Athen in Griechenland.«

»Das klingt ja total verrückt!«, rief sie amüsiert und etwas skeptisch aus.

»Ist ja auch irgendwie verrückt. Aber was kann ich dafür, dass die nächste 'documenta` an zwei Orten stattfindet. Der eine Ort ist, wie immer, seit sie mit Hilfe der CIA ins Leben gerufen wurde, Kassel. Der andere Ort ist in diesem Jahr Athen in Griechenland, am Ursprung aller großen europäischen Skulpturen. Zum ersten Mal haben wir eine 'documenta` in zwei Ländern und zwei Städten.

Und das Beste ist: Es gibt richtig viel Geld – Staatsknete – für diesen Wahnsinn. Glaub mir, es wird im nächsten Jahr in den Zeitungen stehen.«

Sie schaute ihn zweifelnd an: »Öffentliche Gelder werden hier von deutscher Seite unter dem Deckmantel der Kunst einfach so verbraten? Und dazu noch ins Ausland verschoben?«

»Genauso ist es. Die haben sogar vor, die übernächste 'documenta´ zum Teil in ein Entwicklungsland zu verlegen, nach Indonesien. Ich bitte dich, diese Information vertraulich zu behandeln«, raunte er ihr mit leiser Stimme zu, wobei sich ihre Köpfe über dem Tisch ganz nahekamen.

»Die Leiterin der 'documenta´ gibt mir das Geld bar in die Hand.«

»Was? In bar? Willst du mich verarschen?«, fragte sie ungläubig, da sie es als zukünftige

Volljuristin mit Aussicht auf den Staatsdienst für unmöglich hielt, dass es so etwas in Deutschland gibt.

»Ja, so ist es«, antwortete er, machte eine Pause und fügte hinzu: »Ein Banktransfer nach Griechenland soll zu kompliziert sein. Ich wollte es erst nicht glauben, aber ich schwör´s dir. Sie haben mir 50 000,- Euro einfach so in die Hand gedrückt. Ich brauchte nur auf einem Zettel hinter dem Namen meines Projektes zu unterschreiben.«

Sie schüttelte mehrmals leicht den Kopf und murmelte: »Unglaublich, unmöglich.«

»Doch, doch, so ist es. Nichts ist in der Kunst unmöglich. Schon die erste `documenta´ in den fünfziger Jahren hier in Kassel wurde ganz wesentlich vom amerikanischen Geheimdienst bezahlt. Einfach als Kulturförderung. Moderne Kunst anstelle des gesunden Volksempfindens, verstehst du?«

»Na ja, wenn das so ist«, sagte sie immer noch etwas zweifelnd und leicht ungläubig, hielt kurz inne und fuhr fort, »wenn das so ist, worin besteht denn dein Projekt mit den zwei Kaisern genau?«

»Ganz einfach. In Bad Arolsen steht ganz in der Nähe des fürstlichen Schlosses eine schöne Bronzefigur von Kaiser Wilhelm I. Dem ersten, wohlgemerkt.

Er hat zusammen mit seinem Kanzler Bismarck das Deutsche Reich vereint und das Zweite Kaiserreich begründet, nachdem Frankreich im Krieg von 1870/71 besiegt war.«

»Ja, ich erinnere mich an den Geschichtsunterricht in der Schule. Damals hat das heutige Deutschland unter preußischer Führung angefangen. Und der Kaiser wurde zu einer Symbolfigur für die deutsche Einheit.«, kommentierte ihn Susanne.

Er nickte: »Ja, das Preußische und die Deutschen und ihre Einigkeit! Ich war im Sommer in Bad Arolsen und habe einen schönen Gipsabdruck hergestellt, mit Genehmigung, versteht sich.

Und jetzt kommt es.

In meiner Heimat, in Hermannstadt in Rumänien, heute Sibiu, steht auch ein Kaiserdenkmal, aber vom österreichischen Kaiser Franz I.

Er war Napoleon unterlegen, gab die Kaiserkrone des Heiligen Römischen Reiches ab und war dann nur noch Kaiser von Österreich und König von Ungarn.«

Susanne warf ein: »Und das passt zu unserem preußischen Kaiser Wilhelm, dem Ersten?«

»Ja, diesen Franz I. habe ich auch abgeformt.

Zusammen mit Kaiser Wilhelm dem Ersten vom Denkmal in Bad Arolsen reist sein Gipsabdruck nach Athen auf die `documenta´. Dort mache ich eine Installation mit einer europapolitischen Aussage. Ich sage nur 'Einheit, Einheit'. Die Einzelheiten bleiben geheim, verstehst du?« Dabei lächelte er einnehmend.

»Mensch, das ist ja eine irre Sache!«, rief Susanne aus und berührte scheinbar unwillkürlich seine Hände, die er weit zu ihr hinüber auf den Tisch geschoben hatte.

»Kannst du noch eine juristische Begleitung brauchen?«, fragte sie scherzhaft.

»Im Ernst«, antwortete er, »da ließe sich bestimmt etwas machen. Ob du als Beamtin auch eine Quittung unterschreiben würdest?« Er zwinkerte grinsend mit dem linken Auge und fuhr fort: »Aber vorerst bist du ja sicherlich damit beschäftigt, den Tod des Schrotthändlers aufzuklären.

Und vielleicht musst du dich auch noch um deine Nachtwächterfigur und den Metalldiebstahl kümmern.«

»Du hast Recht«, bestätigte ihn Susanne. »Ich gehe jeden Tag bei der Staatsanwaltschaft zum Dienst. Und bald kommt noch die Vorbereitung auf's Zweite Staatsexamen.«

»Wirklich schade«, sagte er betrübt, «wo wir uns doch gerade kennen lernen!«

Er fasste ihre Hände an und fügte hinzu: »Ich mache schon am Montag eine Reise nach Siebenbürgen und in meine Heimatstadt. Ich habe einen Kleinlaster gemietet. Zuerst geht es nach Arolsen. Dort lade ich meine Kunstobjekte auf. Zu gerne hätte ich dich mitgenommen. Darf ich dich jetzt wenigsten nach Hause bringen?«

»Warum nicht?«, antwortete sie und strahlte ihn an. Sie zahlten und gingen in die Nacht hinaus.

9. Der Oberst informiert

Das Büro der Detektei Fuchser befand sich im vierten Stock eines Bürogebäudes aus den 70er Jahren. Unten ein Blumenladen, im ersten Stock die Räume einer Physiotherapie-Praxis, darüber zwei Fachärzte.

Dr. Kröger nahm den Aufzug, klingelte und betrat das Detektivbüro, wo ihn Frau Sellner, eine patente Sekretärin in den Vierzigern, am Empfangstisch begrüßte.

»Guten Tag, Herr Dr. Kröger, gehen Sie gleich gerade durch. Herr Starowitz erwartet sie schon.«

Der so Angesprochene nickte, erwiderte ihren Gruß und begab sich in einen kleinen Flurbereich, vorbei an einer Stahltür mit der Aufschrift »Magazin – Kein Zutritt«.

Als er das las, war ihm klar, dass sich dahinter die legendären Karteikarten des Obersts befanden. Sie brauchten keinen Computer und hatten keine elektronischen Kontakte zur Außenwelt, geschweige denn ins Internet. »Da drin ist alles analog wie zu alten Stasi-Zeiten«, dachte er.

Dann öffnete er eine Glastür und betrat »die Zentrale«, wie es im Mitarbeiterjargon hieß. Zwei Männer saßen vor dem Schreibtisch des Chefs, und zwar Walkner, »der alte Macho und

Chauvi«. Und – zu seiner Überraschung - Rommegge, der »Big Data«, der schwergewichtige Vorsitzende des Online-Vereins für Namenskunde und Familienforschung, den er bereits im Stadtarchiv getroffen hatte.

Der Oberst erhob sich sofort, begrüßte ihn herzlich und sagte: »Die Herren kennen sich ja schon. Ich freue mich, dass ich heute zwei großartige Experten im Büro habe.«

Die beiden »Experten« blieben sich etwas auf Distanz, musterten einander und lächelten halb verlegen. Kröger wusste, wie Walkner den Familienkundler, der für eine amerikanische Online-Firma in Utah arbeitete, heimlich titulierte: »Datenfresser«.

Kröger fand das passend.

Der Oberst wies mit seiner rechten Hand auf »Big Data«:

»Herr Rommegge ist ein hervorragender Datenbank-Fachmann. Er hat schon Karteikartenbestände des Suchdienstes des Internationalen Roten Kreuzes in Arolsen digitalisiert. Auch unsere Detektei soll jetzt die Vorzüge der modernen Datenverarbeitung nutzen. Strukturieren und analysieren, das sind die Zauberworte unserer Zeit.«

Dann wandte er sich Kröger zu: »Und Sie sind mein Experte für die wissenschaftliche Erforschung der Dinge. Alles, was bei unseren Aufträgen im Verborgenen liegt und eine historische Tiefenstruktur hat, wird von Ihnen ans Licht gebracht. Das haben Sie schon oft bewiesen.«

Er holte tief Luft, blickte eine Weile in Richtung Fenster, als könne er draußen einen Hinweis für überzeugende Worte finden, und erklärte dann: »Wir wollen gemeinsam an der Aufklärung des aktuellen Metalldiebstahls arbeiten.«

Nachdem er den Augenkontakt zu jedem seiner drei Mitarbeiter gesucht hatte, fuhr er fort: »Unser `Pulverkopp´, wie er in der Stadtgeschichte heißt, unsere Bronzefigur des Nachtwächters ist fort. Mit größter Wahrscheinlichkeit gestohlen. Also, meine Herren, was haben wir für Informationen?«

Kröger, der noch nicht am Besprechungstisch Platz genommen hatte, machte einen Schritt nach vorn und hob seine lederne Aktentasche hoch: »Ich hab da ´was aus dem Archiv mitgebracht.«

Etwas umständlich, wie es seine Art war, zog er eine Mappe mit grünen Pappdeckeln hervor. Sie enthielt alles, was er bei seinem Besuch im Archiv an Informationen bekommen hatte.

»Danke, Dr. Kröger.« Der Oberst lächelte freundlich. Er war sicher, dass Kröger wie immer gutes Material vorlegte.

Dann schaute er fragend in die Runde: »Nun fehlen uns noch die Berichte von der gestrigen Versammlung des Heimat- und Geschichtsvereins, und zwar zum Tagesordnungspunkt: ´Diebstahl der Nachtwächterfigur in der Professor- Bier- Straße´.

Sie haben ja beide teilgenommen, Herr Rommegge weil Sie sich für alles Historische unserer Stadt interessieren und weil Sie selbst Mitglieder im Verein sind, und Sie, mein lieber Walkner, weil ich Sie darum gebeten hatte. Also, was haben wir an Nachrichten?«

Walkner, auf den der Chef zuerst seinen Blick ruhen ließ, testete kurz seine Stimme mit einem »Äh, also, Äh«. Der Oberst nickte freundlich und auffordernd, worauf Walkner begann:

»Die waren alle sauer, weil der Nachtwächter weg ist, klar, aber es gab auch ein paar verrückte Beiträge. Eine Teilnehmerin erklärte:

´Metalldiebe aus Osteuropa gehören zu den ärmsten Menschen in diesen Ländern. Aus Verzweiflung werden sie im reichen

Deutschland kriminell. Zu ihren Taten gehören auch Metalldiebstähle.

Da sämtliche Bronzefiguren einen relativ hohen Metallwert haben und völlig ungesichert im öffentlichen Raum herumstehen, wird es immer wieder solche Metalldiebstähle geben.´

Dann schlug sie vor, genau so zu verfahren wie die Offenbacher in Südhessen. Dort habe man eine gestohlene Lutherbibel aus Kupfer ganz einfach durch eine entsprechende Skulptur aus Stein ersetzt. So könne man auch in unserem Fall verfahren. Eine Nachtwächterfigur aus Stein würde den in Frage kommenden Menschen helfen, nicht kriminell zu werden. Das sei dann ein ganz praktischer Beitrag zur Kriminalprävention.

`Bronze zu Stein´, sagte sie auf eine gewisse missionarische Art, was zu Unruhe im Saal führte. Aus einer rechten Ecke rief einer spöttisch: `Schwerter zu Flugscharen!´

Es wurde noch unruhiger im Saal.

Einer schrie: `Die sollen sich an unsere Gesetze halten!´ Mehrere bestätigten das mit `Ja, an unsere Gesetze! Oder raus mit ihnen!´

Der Vorsitzende musste zur Ordnung rufen, wozu er einmal laut seine Handglocke erklingen ließ.

Der Oberst hatte inzwischen aufgehört, den Ausführungen seines Mitarbeiters zu folgen. Er öffnete und schloss mehrmals die grüne Mappe, die auf seinem Schreibtisch lag. Dann konzentrierte er sich ganz auf den Bericht in der Mappe. Er fand darin, wie erwartet, die sorgfältig und genau erarbeiteten Ergebnisse von Krögers Nachforschungen im Stadtarchiv.

Walkner, der die nachlassende Aufmerksamkeit seines Chefs nicht bemerkte, wollte weitere Einzelheiten von der heftigen Aussprache mitteilen, in der es um den Vorschlag ging, dem südhessischen Beispiel zu folgen und die Bronzestatue zu einer Skulptur aus Stein umzuarbeiten.

Der Oberst hob mit einer leicht abwehrenden Geste die rechte Hand, was Walkner sofort verstummen ließ. Gleichzeitig sah der Oberst seinen Datenfachmann Rommegge auffordernd an.

Der Oberst öffnete und schloss mehrmals die grüne Mappe, die auf seinem Schreibtisch lag.

Der Datenfachmann Rommegge hatte verstanden, dass er nun an der Reihe war. Er hüstelte kurz und kommentierte den Bericht Walkners mit seiner monotonen, aber klaren Stimme: »Genau so war es.«

Dann brachte er seinen eigenen Berichtsteil ein:

»Es sprach ein Bildungsreferent für Integration und Migration.

Man arbeite ganz intensiv daran, das Zusammenleben unserer ausländischen Mitbürgerinnen und Mitbürger mit der angestammten deutschen Einwohnerschaft zu verbessern. Man informiere auf vielfältige Weise über die Kultur, Sitten und Gebräuche der Menschen in ihren Herkunftsländern und man versuche, bei unseren deutschen Stadtbewohnern dafür Verständnis zu wecken.

Denn gerade unsere islamischen Mitbürger (und Mitbürgerinnen) könnten die Figur des Nachtwächters, der in der Pose des nach Westen gerichteten Rufenden aufgestellt ist, leicht missverstehen.

Er sagte wörtlich – Ich kann es wörtlich wiedergeben, weil ich mitstenographiert habe. - 'Wie jedermann weiß, ist im Islam der öffentlich Rufende ein Geistlicher, nämlich der Muezzin, der zum Gebet ruft. Es darf uns nicht wundern, wenn der eine oder andere ausländische Mitbürger islamischen Glaubens unsere Nachtwächterfigur als Provokation und Angriff auf seinen Glauben deutet und daher leicht dafür zu haben ist, an einem Metalldiebstahl teilzunehmen.' Einige der Anwesenden schüttelten die Köpfe, einer murmelte `So ein Quatsch!´ und `Sie haben sich an unsere deutschen Gesetze zu halten!´«

Rommegge hielt kurz inne. Der Oberst machte eine leicht belustigte Miene und fragte: «Und weiter?»

Rommegge zog ein Papier mit seinen in Kurzschrift gemachten Notizen hervor und sagte:

»Ich habe hier noch mehr, und zwar wörtlich von ihm. Hier sind seine Worte: `Wenn es uns aber gelingt, unsere ausländischen Mitbürger und Mitbürgerinnen so gut über unsere Werte zu informieren und sie dazu zu bringen, dass sie mit warmem Gefühl unsere Kunstobjekte lieben, dann werden wir erleben, wie sie ihren zunächst naiven Sinn für Kunstobjekte weiter entwickeln und in dem Gestus des Rufenden durchaus auch den Ruf des Muezzins erkennen können.

Sie werden dann vermutlich sogar die besten Verteidiger unserer Skulptur sein. Ja, ich kann mir denken, dass sie diese sogar nachts bewachen und vor jedem Vandalismus schützen würden. Ich mache den Vorschlag, ihnen Ein-Euro-Jobs anzubieten. Das heißt, ein Ein-Euro-Jobber würde die ganze Nacht Wache halten. Wir hätten einen Nachtwächter für den Nachtwächter.´

In der Versammlung brach Gelächter los. Aber ich nutzte die Gelegenheit, um unser Interesse ins Spiel zu bringen. Ich dachte mir, die Überwachung des Nachtwächters könnte doch auch eine Aufgabe unseres Büros sein, sofern die Stadt entsprechend zahlen wollte. Für Bewachung und Beobachtung ist doch unsere Detektei gut aufgestellt.«

»Richtig, Herr Rommegge, alles richtig«, unterbrach ihn der Oberst etwas ungehalten, »aber haben Sie denn auch an unseren rein technischen Vorschlag gedacht? Die Markierungstechnik wäre doch erst unser wirklich gutes Geschäft.«

»Aber natürlich«, antwortete Rommegge, » darauf wollte ich doch hinaus!«

Und er berichtete weiter: «Ich erklärte den Leuten etwa Folgendes: `Den Nachtwächter durch einen Nachtwächter zu bewachen, ist zwar praktisch gedacht, geht aber doch zu weit. Das wäre doch der Einstieg in hohe Personalkosten auf Dauer!´

Dann erläuterte ich ihnen unsere rein technische Lösung. Ich verwies auf die Deutsche Bahn, der die Metalldiebe ja bekanntlich schon ganze Eisenbahngleise gestohlen haben. Und dass die Bahn bereits seit 2011 ihre Kabel und Anlagen mit künstlicher DNA sichert; und dass sie eine unsichtbare Flüssigkeit mit einem DNA-Code auf das Material aufsprüht, wonach unter einem Mikroskop das DB-Logo erkennbar wird.

Ich erklärte ihnen, dass Metalldiebe, die versuchen sollten, die Markierung zu entfernen, das DNA-Material dann auf Werkzeugen, an Kleidung und Händen hätten, was natürlich den Ermittlern hilft.

Dann betonte ich, dass die Kosten für dieses Verfahren sehr überschaubar sind, zumal sie nur einmalig anfallen würden.«

Wieder warf der Oberst ungeduldig ein: »Alles richtig, Rommegge, aber wo bleibt unser Büro, womit verdienen wir Geld?«

Rommegge presste die Lippen aufeinander, pausierte und machte eine Miene, als würde er sagen »Mensch, nun lass mich doch mal ausreden!«

Der Oberst spitzte die Lippen, legte die Stirn in zwei Wohlwollen zeigende Falten und nickte zustimmend, worauf Rommegge dankbar fortfuhr.

»Ich schlug dem Vorstand vor, über unser Büro Angebote von Fachfirmen einzuholen und außerdem zu erkunden, inwieweit der Staat bereit wäre, aus Mitteln des Denkmalschutzes und der Kulturförderung die vorgeschlagene Markierung des Nachtwächters zu unterstützen.«

»Bravo!«, rief der Chef des Detektivbüros begeistert, um dann zu fragen: . »Und wie ging es weiter?«

Rommegge holte Luft und setzte ganz bedächtig seine Ausführungen fort.

»Nach meinem Vorschlag ergriff der Vorsitzende des Vereins das Wort, indem er zunächst für alle Redebeiträge dankte.

Allen gemeinsam sei die Vision von Maßnahmen zum Schutz der Nachtwächterfigur. Die augenblickliche Realität sehe aber anders aus, denn die Figur sei ja gar nicht mehr da und niemand könne wissen, ob und wann sie wieder aufgestellt würde.

Dann übernahm er meine pragmatisch-technische Lösung als Antrag und stellte diesen zur Abstimmung. Der Antrag wurde mit Mehrheit angenommen.«

»Danke, und nochmals bravo«, sagte der Oberst, »dann werden wir wohl bald in dieser Sache ins Geschäft kommen. Ich habe schon alle technischen Einzelheiten geklärt. Wir werden sogar die Markierung selbst vornehmen.

Walkner, das wäre etwas für Sie. Wir arbeiten Sie natürlich vorher ein.«

Walkner grinste zustimmend, was bei ihm auch nicht anders zu erwarten war.

Genau so sah es Kröger, der dachte: »Nun hat Walkner eine passende technische Aufgabe, bei der viel Geld verdient wird. Er muss nur aufpassen, dass er nicht selbst zum Nachtwächter wird.«

Für ihn selbst würde das natürlich gar nicht in Frage kommen, allein schon wegen der benötigten praktischen Alltagskenntnisse nicht.

Kröger fragte sich: »Wo bleibt aber nun meine Leiche, die Sache mit dem Schrotthändler? Wir haben einen Tatort mit einem Toten, nämlich die Autobahnraststätte Diemelstadt. Aber was für eine Story gibt das für mich? Der Chef hängt sich an die Auffassung der Polizei. Die hat das Tötungsdelikt ganz einfach vom Diebstahl des Nachtwächters abgetrennt. Jetzt laufen zwei verschiedene Ermittlungen: Das Kasseler Kommissariat ermittelt in Richtung Mord und Bandenkriminalität mit überregionalem Bezug, während das hiesige Kommissariat einen ganz banalen Fall von Metalldiebstahl zu bearbeiten hat.«

Kaum war dieser Gedanke durch seinen wissenschaftlich geschulten Kopf gegangen, als der Oberst mit seinem Hang zum Praktischen, zur Analyse und zum Vernetzen von Informationen alle überraschte:

»Meine Herren, drei Fragen:

Was wissen wir jetzt?

Welche Prioritäten setzen wir?

Wie müssen wir handeln?

Wir haben einen getöteten Schrotthändler rumänischer Herkunft, eine gestohlene Bronzeskulptur und« - er hob seine Augenbrauen und atmete tief ein - »Bezüge zur Kasseler Kunstszene beziehungsweise zur dortigen internationalen Kunstausstellung ‛documenta´.

Er machte eine kurze Pause, vergewisserte sich der zustimmenden Blicke seiner drei Mitarbeiter und fuhr fort:

»Und wir haben einen Bezug zum Kaiser Willhelm-Denkmal in Bad Arolsen, wo in der näheren Umgebung auf dem Lande, und zwar auf dem verlassenen Gutshof Eilenhaus, Gemeinde Köhlersgrund, ein Kunststudent sein Atelier betreibt, nicht wahr, Herr Rommegge?« Rommegge nickte, wobei sein breiter Mund durch das Zusammenpressen der Lippen noch breiter wirkte: »Ja, Gipsabdrücke macht er. Das habe ich erfahren, als ich in Arolsen arbeitete.«

Der Oberst wartete, ob noch jemand etwas sagen wollte. Dann fuhr er fort:

»Unser geschäftliches Interesse liegt bei den Bronzeskulpturen. Wir wollen sie vor Metalldieben schützen.« Er pausierte, dann bedeutungsvoll:

»Vielleicht zeigt die Kunst uns einen Weg?«

Nach einer kurzen Pause:

»Herr Walkner und Dr. Kröger, bitte fahren Sie am Montag mit dem Wagen zum Gut Eilenhaus und und schauen Sie sich das Atelier des Kunststudenten einmal an! Den toten Schrotthändler überlassen wir der Kasseler Mordkommission. So, das wär's für heute. Ich danke Ihnen.«

Verbeugung, Händeschütteln.

»Tschüss, Auf Wiedersehen, Herr Starowitz, ein schönes Wochenende!«

Sie verließen das Büro.

Der gewichtige Rommegge machte seine schweren Schritte in Richtung Archiv und verschwand, während Walkner und Kröger nebeneinander durch den Flur zur Treppe gingen.

»Kollege Kröger, ich hole dich am Montag um 8 Uhr an deiner Wohnung mit dem

Dienstwagen ab. Wir fahren dann direkt zum Gutshof Eilenhaus bei Bad Arolsen.

Übrigens, da fällt mir auf, ich habe noch nie davon gehört, dass es dort einen Hof mit diesem Namen gibt.«

»Macht nichts«, antwortete Kröger und schmunzelte »vielleicht ist es einer der Orte, die mehr in unserer Fantasie existieren. Uns Archäologen kommt es auf die historische Tiefe an, und den Künstlern geht es um den natürlichen Zauber eines Ortes, der dazu beflügelt, über das Sichtbare hinausweisen. Egal, ob Kunst oder Wissenschaft, es geht immer darum, das zu sehen, was das bloße Auge nicht sieht, verstehst du?«

«Versteh du das mal. Ich verlass mich lieber auf das, was meine Augen sehen.«

«Na denn, Walkner, bis morgen.«

«Tschüss, Kröger, und vergiss nicht, deine Augen zu schließen, wenn du schläfst.«

«Tschüss.« Und er dachte bei sich: «Der wird immer ein bloßer Praktiker bleiben!«

10. Digital und analog zum Gutshof

Als Kröger am Montagmorgen um acht Uhr zu seinem Kollegen Walkner ins Auto einstieg, war es kalt und neblig.

»Guten Morgen, Kröger, ein Sauwetter ist das heute. Bei dem Nebel brauchen wir eine Viertelstunde länger, um nach Arolsen zu kommen. Und falls wir kein GPS-Signal kriegen, können wir auch unser Navi vergessen.«

»Ja, und wir müssen damit rechnen, dass der Nebel unten im Flusstal noch dicker ist als hier oben auf der Hochebene. Walkner, ich schlage vor, wir nehmen die Landstraße über die etwas höher gelegenen Dörfer.«

Er faltete eine Landkarte auseinander und fuhr mit dem Zeigefinder der rechten Hand darüber, um grob anzuzeigen, wo es lang gehen sollte.

Walkner: »Ach, Dr. Kröger navigiert, ganz wie früher, nämlich analog, handgestrickt, sozusagen!«

»Warum nicht? Gelernt ist gelernt. Hauptsache man kommt ans Ziel. Habe bei der Bundeswehr als Leutnant der Reserve so manches Artilleriegeschütz in Stellung bringen. Kalter Krieg. Und wir im Waldeckischen spielten im Manöver Krieg, die Blauen gegen die Roten.«

Mit leicht zittriger Hand fuhr er über die Karte und wischte über verschiedene Geländepositionen hinweg.

»Hier drüben stand meine Batterie aus Geschützen auf Panzerfahrzeugen. In nur 45 Minuten hatte ich sie in Stellung gebracht.«

»Du doch nicht«, frotzelte Walkner, »dein Unteroffizier hat das gemacht!

Aber navigier du uns getrost mit der Karte über die Dörfer. Hoffentlich haben wird dort oben weniger Nebel als hier.«

Dann tippte und wischte er weiter auf seinem Smartphone, auf dem er die Geo Koordinaten 51.438840°, 8.952389° eingegeben hatte.

»Und wenn unser Metalldieb ein Schrotthändler ist«, erklärte Kröger, » dann sind die Dörfer genau richtig. Viele Landwirte haben ihre Betriebe aufgegeben, die Kinder wollen nicht mehr im Nebenerwerb schuften. Da bleiben alte Landmaschinen übrig. Sie sind bei den Schrotthändlern beliebt. Manchmal können sie sogar einen alten Traktor als Oldtimer weiterverkaufen.«

»Du glaubst also immer noch, dass der tote Schrotthändler, der auf dem Autobahnparkplatz in Diemelstadt gefunden wurde, etwas mit unserem Metalldiebstahl zu tun hat? Hast du nicht mitgekriegt, was der

Oberst sagte: Die Polizei hat doch eindeutig zwei völlig getrennte Ermittlungsverfahren laufen.«

»Ja, schon«, antwortete Kröger. Er kam aber nicht dazu weiterzureden, weil Walkner mit seinem Smartphone fündig geworden war und ihm das Gerät hinhielt. Ihr Ziel war im Focus, die Hofanlagen von Gut Eilenhaus in Köhlersgrund bei Bad Arolsen. »Eigentlich fast so wie auf meiner Karte, nur in Farbe und etwas größer.«

»Warte mal, das kommt noch besser.« Mit diesen Worten suchte Walkner abermals in seinem Smartphone, um seinem Kollegen eine Satellitenkarte zu präsentieren.

»Nicht schlecht«, staunte Kröger, »da sieht man ja alles wie in der Natur, das Flüsschen, den Wald, die Bäume neben dem Herrenhaus, die Einfahrten. Ich weiß schon, wo wir uns mit dem Wagen auf die Lauer legen, ohne gesehen zu werden.«

Mit zufriedener Miene, die einen Hauch von Überlegenheit zeigte, sagte Walkner: »Siehste, so geht digital heutzutage. Pack die Landkarte weg und nimm dein Fernrohr! Dann wird beobachtet und gewartet. «Etwas genervt stöhnte er: »Vor allem, viel gewartet. Mein Gott, in unserem Job wird viel gewartet.«

»Was heißt hier, es wird viel gewartet?

Sei froh, dass wir bei der Detektei Fuchser nur feine Beobachtungs- und Auswertungsarbeit machen müssen. Dazu noch die Karteikarten über schöne Frauen. Das gefällt dir doch am meisten. Was willst du noch mehr?

Willst du etwa mal so richtig zupacken und reinhauen?«

»Na, etwas Action wäre nicht schlecht. Kröger, verstehste, das Leisetreten liegt mir nicht so ganz. Das waren noch Zeiten, als ich Fitness-Trainer und Masseur war. Ich musste täglich mit beiden Händen zupacken und die Leute durchkneten. Er beschleunigte den Wagen etwas mehr als nötig.«

Als sie am nächsten Ortsschild vorbei waren, bremste er ziemlich abrupt ab.

»Verdammte Scheiße, guck mal, ich habe kein GPS-Signal mehr. Der Himmel ist total zu mit Wolken. Wo soll ich denn jetzt abbiegen? Wir wollen doch über die Dörfer fahren!«-

Kröger schlug vor, man könnte die Fenster öffnen, damit das Signal besser reinkäme, worauf Walkner laut lachte und vor Gaudi auf das Lenkrad schlug.

»Mensch, bist du entsetzlich dämlich! - In technischen Dingen, meine ich.«

Kröger schwieg und gestand sich etwas beschämt ein: »Die GPS-Signale werden wohl so eine Art von Radiowellen sein. Sie kommen problemlos durch die Scheiben und ins Navi.«

Walkner war ohne GPS-Signal völlig orientierungslos, was ihn nun kleinlaut fragen ließ: »Was sagt denn deine Landkarte?«

So ging die Fahrt weiter, mal hatten sie ein GPS-Signal und konnten sich vom Navi führen lassen, mal übernahm Kröger die Führung mit Hilfe seiner Landkarte.

Der eine schwor stolz auf digital, tippte und wischte bei jeder Gelegenheit auf seinem Smartphone. Der andere blieb eisern in der analogen Welt, indem er seine Landkarte auseinander- und zusammenfaltete. Jedes Mal richtete er sie erneut nach Norden aus, weil die Orientierung im Raum zu seinen Schwächen gehörte. Dafür zeigte ihm sein gedächtnisstarker Kopf alle zeitlichen Abläufe mit Daten, Uhrzeiten und vielfältigen Entwicklungslinien. Das befähigte ihn immer wieder zu erstaunlich guten Prognosen.

Jeder, der Kröger kannte, wusste, dass er nur mit einem einfachen Klapp-Handy telefonierte. Walkner dagegen bestand immer drauf, das neueste Smartphone-Modell zu haben, jedenfalls für den Dienstgebrauch.

Deshalb ärgerte er sich nun maßlos über das fehlende GPS-Signal.

Er verfluchte das Versagen der Technik und gab der Regierung die Schuld an der mangelhaften Abdeckung mit Funksignalen im ländlichen Raum. Kröger nickte, gab aber keinen Kommentar dazu ab.

Walkner war durch seinen Frust wegen des fehlenden GPS-Signals hungrig geworden. Er wollte Kröger vorschlagen, in einem der abgelegenen Dörfer einzukehren. Sie beide kannten den Gasthof dort. Es war eine familiengeführte Landpension mit bestem Frühstücksservice. Da wollte er einkehren und den nüchternen Magen beruhigen. Aber er hielt sich zurück, weil er wusste, dass der schmächtige Kröger, ein Teetrinker mit Neigung zum Asketischen, während der Arbeit nichts zu sich nahm außer ein paar Nüssen, die er einer Dose mit Studentenfutter entnahm.

Walkner erinnerte sich gut an ihre letzte Einkehr in diesem schönen Gasthof. Wie vorzüglich der luftgetrocknete Schinken in dieser Gegend schmeckte! Dieser Schinken, dazu Rührei aus frischen Eiern von freilaufenden Hühnern und ein paar gute Tassen Kaffee! Das machte das Frühstück zu einem Genuss. Sein Hungergefühl und sein Kaffeedurst wurden übermächtig.

»Kröger, ich habe dir noch gar nicht gesagt, dass ich heute Morgen noch nicht gefrühstückt habe. Erinnerst du dich an unsere letzten Reise über die Dörfer, als wir in der schönen Landpension »Zur blauen Tanne« halt machten; da gab es Wurst und Schinken aus unserem schönen Waldecker Land.«

Kröger schaute ihn von der Seite an:

»Weißt du denn nicht mehr, was sie uns bei unserem letzten Besuch antworteten, als wir fragten, woher das Fleisch kommt. Sie beziehen ihre Wurst aus derselben Fabrik, in der wir schon einmal wegen Hygiene-Problemen ermittelt haben.«

»Egal, die Welt ist nicht perfekt, aber der Schinken kommt aus einem kleinen Metzgereibetrieb im Dorf. Lass uns im Tannenhof mal halt machen und frühstücken. Wir haben noch Zeit genug. Wir können dort auch mal nachfragen, ob über den Künstler oder und über den verstorbenen Schrottsammler etwas bekannt ist.«

Da Kröger bei der Rede seines Kollegen eine ganz lebhafte Vorstellung von einem schönen Schinkenbrot bekam, mit Schinken vom Landmetzger, wohlgemerkt, und nicht aus der Fabrik. Trotz seiner Askese im Alltag wünschte er sich manchmal, wenn auch nur heimlich, ein leckeres Schinkenbrot zu kühlem hellen Bier, und da er sich gerne an die damalige Einkehr erinnerte, willigte er ein. Ihn überzeugte vor allem das Argument, man könnte über den Schrotthändler etwas in Erfahrung bringen.

Als sie kurz darauf beim Frühstück in der »Tanne« saßen, erinnerte Kröger an das Ziel ihrer Reise:

»Weißt du, Walkner, der Oberst erstaunt mich immer wieder damit, dass er nie schmalspurig ermittelt. Zwar suchen wir nach Spuren, die der tote Schrotthändler hinterlassen hat, aber er schickt uns zum Gut Eilenhaus, zu einem verlassenen und leerstehenden Gebäudekomplex, weil der `Big Data´ ihm die Sache mit dem Kunststudenten gesteckt hat. Er hält es also für möglich, dass es in der Kunstszene hier in Nordhessen eine Verbindung gibt zwischen dem Kaiser-Wilhelm-Denkmal und unserem Fall von Metalldiebstahl. Die gestohlene Nachtwächter-Skulptur aus der Fußgängerzone und der erste deutsche Kaiser aus Preußen, wie sollen die zusammenpassen?«

»Kröger, ich muss dir ehrlich sagen, dass ich den Oberst nicht ganz verstehe, weshalb er uns auf die Spur nach diesen Künstlern setzt. Meiner Meinung nach handelt es sich ganz klar um einen Metalldiebstahl und wir wissen aus der Zeitung, dass in den letzten Jahren die

Metall-Diebstähle eine Pest im ganzen Land geworden sind.«

»Recht hast du. Drüben in NRW haben sie sogar kürzlich eine Kirchenglocke heruntergeholt. Clever gemacht, mit dem Hublift-Kran einer Firma, die Kirchtürme repariert.«

»Also, dahinter steckt doch eindeutig organisierte Kriminalität. Und was liegt näher, dass ein Schrotthändler aus Rumänien mit diesen Banden in Verbindung steht. Er macht schon seit Jahren seine Geschäfte hier und kennt sich bei uns aus. Ich kann zwar auch nicht verstehen, dass die Polizei zwei getrennte Fälle konstruiert hat. Hier bei uns ist es der Metall-Diebstahl und in Kassel läuft die Ermittlung wegen Mordes. Man muss nur nachweisen, dass der Schrotthändler seine Tour nach Diemelstadt gemacht hat, dann wird die Sache klarer: Weil er andere Metalldiebe treffen wollte. Die Metalldiebe gerieten untereinander in Streit und der Schrotthändler musste ins Gras beißen.«

Kröger war aber anderer Auffassung. Er hatte sein geheim gehaltenes Indiz in der Tasche, das blonde Menschenhaar vom Sockel der Nachtwächter-Figur. Wie mit den Augen des berühmten Privatdetektivs Sherlock Holmes hatte er es an derselben Stelle gefunden, wo die gestohlene Bronzefigur mit dem städtischen Grund und Boden fest in der Fußgängerzone verankert war. Diese feste Verankerung im Boden bedeutete juristisch, dass es sich um städtisches Eigentum handelte. Seine Gedanken richteten sich jedoch mehr auf einen anderen Aspekt der »Tragödie«, wie die schöne Kunststudentin gesagt hatte, nämlich auf einen sozialhistorischen:

»Walkner, mir gibt zu denken, dass es sich bei der Nachtwächter Figur um eine Person handelt, die bis in die Neuzeit hinein zu den einfachen Leuten gehörte. Im Mittelalter zählte man die Nachtwächter sogar zu den unehrenhaften Berufen wie Totengräber und Abdecker.

Ich kann mir einfach nicht vorstellen, dass ein heutiger Schrottsammler, der in unserer modernen Gesellschaft doch auch etwas am Rande lebt, zumal er aus dem Ausland kommt, dass solch ein Mensch, der vielleicht arm, aber doch anständig ist, sich an einem solch schönen Gegenstand der Volkskunst bereichern möchte.«

Walkner guckte ihn etwas fragend an. Kröger redete ihm immer zu kompliziert und zu lange. Aber er unterbrach ihn nicht.

»Genauso wenig kann ich mir vorstellen, dass ein religiöser Mensch, etwa ein Katholik vom

Balkan, sich an einem Raub von Kirchenkunst oder gar von Grabplatten beteiligen würde.«

»Quatsch, Kröger«, entgegnete Walkner, »du bist ein unverbesserlicher Theoretiker. Für mich ist die Sache sonnenklar. Der Schrotthändler vom Balkan stand in Verbindung mit einer Mafia von Metall-Dieben. Auf dem Parkplatz in Diemelstadt haben sie sich getroffen. Es gab Streit und einen Toten. Nun ermittelt eine Mordkommission der Kasseler Polizei.

Auf der anderen geht es um Metalldiebstahl und vielleicht organisierte Kriminalität. Der Oberst hat in seiner Sache recht, er will die Technologie zur Markierung von Metall-Werten verkaufen, und dazu gehören nun einmal auch Kunstobjekte aus Bronze. Logisch ist doch, dass er die künstlerische Spur verfolgt. Ich bin gespannt, was der Kunststudent auf dem verlassenen Gutshof Eilenhaus in seinem Atelier so treibt.«

Bei solchen Überlegungen verging den beiden Detektiven die Fahrtzeit über die Dörfer am Rande des Waldecker Uplandes recht schnell.

Das fehlende GPS-Signal bereitete Walkner keinen großen Kummer. Denn er hatte seinen Bauch mit einem guten Frühstück gefüllt und der Kaffee hatte ihn munter gemacht.

In Gedanken sah er sich schon später in Arolsen ein gutes Mittagessen einnehmen: »Hirschgulasch vom Wild aus den umliegenden Wäldern des Waldecker Fürsten.«

Kröger war mit seiner »handgestrickten Navigation«, wie Walkner mehrmals ironisch bemerkte – das heißt, er war mit seiner Landkarte durchaus erfolgreich. Sie befanden sich bald nur noch vier Kilometer von ihrem Ziel entfernt

11. Mit der Kripo zum Tatort

Während die beiden Privatdetektive bereits nahe an ihrem Ziel waren, hielt der Wagen von Kommissar Verding mit seinem Kollegen, Polizeimeister Drusche am Steuer, vor dem Kasseler Präsidium. Es war ein zivil getarnter Dienstwagen, ein weißer BMW mit Sechszylinder-Motor. Verding stieg aus.

»Drusche, ich springe nur kurz mal hoch in die Cafeteria, mal sehen, wen der Chef uns mitschickt.«

Der so Angesprochene kannte seinen Hauptkommissar gut und fragte ohne irgendeinen größeren Zweifel: »Soll ich mal raten? Ich tippe, es ist die gutaussehende Referendarin. Waren Sie am Freitag nicht ganz angetan von ihr?«

»Nicht so spekulativ, Drusche, ja, ich habe sie angesprochen. Sie muss doch mal erleben, wie so ein Einsatz abläuft und wie sich das anfühlt, wenn man als Beamter sein Fell riskiert.«

Als er die Cafeteria erreicht hatte, traf er die Referendarin in Begleitung ihres Vorgesetzten an. Sie kam ihm sofort entgegen und grüßte ihn freundlich und mit Charme. Hinter ihr aber ging Staatsanwalt Lecksus, groß und schlank mit rötlichen Haaren, wie immer im grauen Anzug und mit blauer Krawatte. Die Referendarin trat zur Seite, während Lecksus ein paar Schritte machte und sich an den Kommissar wandte.

»Guten Morgen, Herr Kommissar. Passt es Ihnen, dass ich mitfahre? Ich muss mich mit meinem Kollegen aus NRW treffen. Wir werden den Einsatz gemeinsam abstimmen und entscheiden, auf welche Weise wir zuschlagen.«

Er machte eine Pause, was Verding für einen seiner typischen Kommentare nutzte: »Hoffentlich bleibt das Zuschlagen nicht auf uns allein hängen, denn NRW ist ja für seine Sicherheitspolitik mit Samthandschuhen bekannt.«

»Lecksus schüttelte lachend den Kopf: »Nein, nein, die Kollegen in NRW haben schon gute Vorarbeit geleistet. Ich glaube, uns gehen dicke Fische ins Netz. Sie wissen ja, organisierte Kriminalität, - Szene Metalldiebstahl«.

»Alles klar. Bitte sehr, Herr Staatsanwalt. Draußen steht schon der Einsatzwagen. Der wird Ihnen gefallen, ein ganz schneller - und beste Qualität aus Bayern.«

»Na, dann wollen wir mal!« Lecksus öffnete die hintere Wagentür und bat Susanna Platz zu nehmen, worauf sich diese dankend in das feine Leder des Rücksitzes sinken ließ.

Kaum war auch der Staatsanwalt eingestiegen, als Polizeimeister Drusche zeigte, was er als BMW-Fahrer draufhatte: rasantes Anfahren und Beschleunigen und dann deutlich über der zulässigen Geschwindigkeit die Wilhelmshöhe hinauf Richtung Autobahn.

Die Mitfahrer wurden in ihre Sitze gedrückt und schienen den Atem anzuhalten.

Verding besann sich auf seine Aufgabe und informierte den Staatsanwalt: »Der Neffe des verstorbenen Schrotthändlers ist zusammen mit einer weiteren männlichen Person unterwegs, vermutlich nach Diemelstadt. Sie fahren einen weißen Lieferwagen, Mercedes Sprinter. Wir tracken ihn, denn wir haben einen Sender an seinem Wagen. Wollen Sie mal sehen, wo er sich gerade befindet?«, fragte er und zeigte auf sein Smartphone. »Er ist schon deutlich vor uns, aber, wenn wir ordentlich Gas geben, kriegen wir ihn gleich. Wir wissen ja, dass er sehr wahrscheinlich erst in Diemelstadt von der Autobahn runtergeht, weil er sich an der Raststätte mit diesen Mafia-Typen aus NRW treffen will«

Susanna erschrak, als sie hörte, dass sie möglicherweise einer gefährlichen Situation entgegenfuhren. Sie dachte an ihre Sicherheit: »Haben wir auch schusssichere Westen dabei?«

»Haben wir, Frau Kröger«, beruhigte sie der Staatsanwalt. »Aber wir werden ihnen niemals zu dicht auf die Pelle rücken. Ein gefährlicher Zugriff käme nur für ein Einsatzkommando in Frage. Natürlich können Sie dennoch jederzeit eine schusssichere Weste anlegen.«

»Liegt hinter Ihnen«, warf Drusche ein, wobei er die Geschwindigkeit reduzierte und fragte, ob er schon jetzt auf den Parkplatz rausfahren sollte.

»Nein, nein, nicht nötig, wehrte Susanna ab.«

Doch der Staatsanwalt ließ anhalten. Er bestand darauf, dass sie alle ihre schusssicheren Westen anzogen. Zusammen mit Verding nutzte er den Kurzaufenthalt auf dem Parkplatz, um hinter ein paar Büschen auszutreten.

Die burschikose Bemerkung Verdings: » Dann wollen wir mal das Kaffeewasser abschütteln!«, ignorierte er und nutzte die Situation für eine Ermahnung, die nicht für die Ohren der jungen Referendarin bestimmt war: »Verding, glauben Sie bloß nicht, dass wir uns in irgendeine Gefahr für Leib und Leben begeben werden, auch wenn die schusssicheren Westen mutiger machen, als es vielleicht ratsam ist. Mit unserer Referendarin bleiben wir auf weitem Abstand, ist das klar?»

»Selbstverständlich, Herr Staatsanwalt, auch ein Polizist denkt an seine Sicherheit und trägt nicht gerne seine Haut zu Markte. Wozu haben wir denn unser Sondereinsatzkommando?«

Als sie wieder in den Wagen einstiegen, hatte Polizeimeister Drusche eine neue Nachricht für sie. Per Funk war soeben durchgegeben worden, dass die auf dem Parkplatz in Diemelstadt postierte Zivilstreife einen auffälligen Wagen bemerkt hatte. Ein 300er Mercedes, altes Modell 124, schwarz und mit einem Kennzeichen aus NRW, sei kurz auf den Parkplatz der Raststätten gekommen, habe eine Runde gedreht und sei dann Richtung Rhoden weitergefahren.

»Dann aber nichts wie los und hinterher. Drusche, heiz dem BMW mal ordentlich ein, sonst hauen die uns noch ab!«, befahl Verding.

Der Staatsanwalt jedoch gab dem nicht nach, sondern riet zu etwas Mäßigung, wobei er auch an seine eigene Sicherheit und die der Referendarin dachte. »Wir haben immerhin mehrere Wagen im Einsatz. Die aus NRW und die aus Bad Arolsen nehmen den schwarzen Mercedes sofort ins Visier. Hauptsache, wir bleiben hinter unserem weißen Lieferwagen, denn der fährt genau dort hin, wo sie sich treffen werden.«

»Wo sie sich treffen werden?«, fragte Drusche rhetorisch. »Das kann nur an der Raststätte sein, das haben die ja vereinbart.«

Sie waren inzwischen dem weißen Lieferwagen nähergekommen, hielten sich aber in großem Abstand entfernt, damit sie nicht als Verfolger auffielen.

Susanna hatte ein ganz mulmiges Gefühl. Die streckenweise rasante Fahrt, die angespannte Stimmung im Wagen: Die Männer konnten trotz der nach außen gezeigten Professionalität ihre Anspannung kaum verbergen. Sie schaute möglichst unauffällig an den Sicherheitswesten herunter und sagte sich: »Wenn ich ehrlich bin, habe ich Angst. Ein Zusammentreffen mit bewaffneten Kriminellen an der Raststätte! Heutzutage greifen die auch Polizeikräfte brutal an. Man muss mit allem rechnen!«.

Dank seines Trackings per Smartphone hatte Verding genau im Blick, wie weit der verfolgte Lieferwagen von ihnen entfernt war.

Das teilte er laut mit: »Jetzt sind sie gerade von der Autobahn runter. Das haben wir erwartet, Abfahrt Diemelstadt. Wir können uns entspannt zurücklehnen und abwarten, was die Kollegen aus Arolsen beobachten. Sie stehen neben der Raststätte.«

Nach wenigen Minuten erreichten sie die Einfahrt zur Raststätte.

»Fahren Sie schön langsam und nähern Sie sich auf keinen Fall dem Lieferwagen! Großen Abstand halten, bitte!«, befahl der Staatsanwalt.

Susanne bemerkte, wie er mit der rechten Hand nach seiner Waffe suchte, ohne sie herauszuziehen. Er trug sie versteckt unter der Anzugjacke im Holster. Verding hatte ebenfalls zu seiner Pistole gegriffen. Im Unterschied zum Staatsanwalt, der seine Waffe nur diskret berührte, hielt Verding sie schussbereit in der Hand.

Unter äußerster Anspannung und mit weit geöffneten den Augen den Platz absuchend, fuhren sie in den Bereich der Raststätte, wo sie allerdings nur den üblichen Betrieb vorfanden: Mehrere LKWs, die Pause machten. Aber weit und breit war kein weißer Mercedes Sprinter zu sehen.

»Verdammt noch mal, die sind gar nicht hier, sie wollen uns entwischen!«, schimpfte der Hauptkommissar, drehte sich nach hinten zum Staatsanwalt und zeigte aufgeregt auf sein Handy und auf das Tracking.

»Hier hab ich sie, guck mal, hier fahren sie auf der Bundesstraße in den Ort rein. Und jetzt biegen sie ab.«

»Die hatten gar nicht die Raststätte als Ziel. Ja, wo wollen die denn hin?«, fragte der Staatsanwalt, der bemerkte, dass Verding ihn vor Aufregung ganz unbeabsichtigt duzte.

Verding wurde noch aufgeregter: »Guck mal, jetzt biegen sie nach links ab, da, jetzt sind sie schon auf einem kleinen Weg für die Landwirtschaft und aus dem Ort raus. Los, hinterher!«

»Nein, Herr Verding, wir warten ab. Da unten im Feld von Rhoden gehen die uns nicht verloren«, stellte der Staatsanwalt beruhigend fest.

»Wir sind jetzt erst einmal am Tatort angekommen. Da muss ich mich ein bisschen umsehen und meinen Kollegen aus NRW treffen. Verding, was wissen Sie über die Gegend von Diemelstadt? Sie stammen doch aus einem der umliegenden Dörfer. Gibt es da irgendetwas Besonderes? Ein Versteck? Ein Wäldchen, eine Scheune oder so?«

Verding war durch die unaufgeregte Art des Staatsanwaltes etwas ruhiger geworden und überlegte:

»Hm, ein besonderer Ort, ein Versteck?«

Er dachte auf seine typische Weise nach, wobei er die Augen schloss und sich mehrmals über den gut frisierten Schnauzbart wischte und plötzlich begeistert sagte:

»Natürlich, ein besonderer Ort! Es fällt mir wie Schuppen von den Augen. Ganz klar, wo die hinfahren. Sie fahren geradewegs auf den Totenweg zu. Der geht zur Wüstung Rhoden, nach Alt Rhoden!«

Der Staatsanwalt runzelte die Stirn, warf einen Blick auf sein Smartphone und signalisierte Unverständnis.

»Auf den Totenweg?«

»Ja«, schaltete sich Susanna ein, die sich an einen Schulausflug nach Rhoden erinnerte. »Noch vor etwa 150 Jahren benutzten die Menschen aus den kleinen Ortschaften der Großgemeinde Rhoden diesen Weg, wenn sie hier zentral ihre Toten bestatten wollten.«

»Das stimmt«, sagte Verding und freute sich, dass sich der Staatsanwalt für historische Dinge aus seiner Heimat interessierte. Deshalb zögerte er nicht, noch mehr von seinem Wissen preiszugeben:

»Bis etwa 1300 war hier die Siedlung Alt-Rhoden. Die Menschen haben damals das Dorf aufgegeben und sind an den Ort des heutigen Rhoden gezogen, weil dort eine Burg war, die Schutz bot.

Guck mal, hier, fast direkt an der Autobahn. Da ist die Ruine einer Kirche aus dem 11. Jahrhundert, daneben ein alter Friedhof mit Grabsteinen, die zum Teil 400 Jahre alt sind.«

»Interessant«, murmelte Lecksus und tippte in sein Smartphone.

Er fand die Wüstung Rhoden auf einem Satellitenphoto. Wie er es als Hobby-Historiker gewohnt war, hatte er das Landesgeschichtliche Informationssystem Hessen aufgerufen und ein schönes Suchergebnis bekommen, eine Satellitenaufnahme, gestochen scharf, in Farbe und mit vielen Details.

Er kommentierte seinen Fund fast bewundernd:

»Der perfekte Ort für den Treff unserer Tatverdächtigen. Mittelalterliche Kirchenruine, alter Friedhof, große schattige Laubbäume drumherum, unmittelbar daneben die Autobahn mit ihrem Gebrumme. Niemand kann sie da hören oder sehen.«

»Das stimmt«, bestätigte Verding, der auf seine Ortskenntnis stolz war, »es gibt sogar einen perfekten Fluchtweg. In der Nähe geht ein Wirtschaftsweg unter der Autobahn durch. Du kannst kann auf der anderen Seite der Autobahn auf einen Parkplatz gelangen, und schon bist du weg und über alle Berge.«

»Verding, das Loch müssen wir stopfen. Lassen Sie sofort eine Streife an diese Stelle fahren, und zwar unauffällig auf der anderen Seite der Autobahn.«

»Wird gemacht, Herr Staatsanwalt. Die Kollegen aus Arolsen stehen mit zwei Fahrzeugen in Rhoden. Wir lassen sofort einen Wagen losfahren. – Aber wir hier, worauf warten wir denn noch?«

»Nicht so ungeduldig, Herr Verding. Wir tracken sie doch perfekt. Sehen Sie? Die beiden da mit ihrem weißen Kleinlaster! Sie stehen schon eine Weile vor der Ruine. Entweder es kommt gleich jemand, mit dem sie verabredet sind, oder sie haben dort ein Versteck, vielleicht für Nachrichten. Wissen Sie, diese Leute haben eine Beziehung zu solchen Orten. Für sie gibt es dort von alters her eine gewisse Magie. Sie glauben an Geomantik, an das Vorhandensein von Erdkräften, von magnetischen Kraftlinien, die wie ein Gitternetz die Erde umspannen. Davon versprechen sie sich Schutz und Inspiration, wenn sie etwas verstecken oder sich mit jemandem absprechen.«

»Entschuldigung, Herr Staatsanwalt, schauen Sie mal«, unterbrach ihn Polizeimeister Drusche ganz aufgeregt. »Hier«, er hielt ihm sein Handy hin, »der Wagen hat sich wieder in

Bewegung gesetzt. Hier, ganz klar, sie fahren wieder zurück!«

Alle drehten sich zu Drusches ausgestrecktem Arm hin und fanden seine Worte bestätigt.

Der Staatsanwalt blieb ganz ruhig: »Sie haben an der Ruine bloß etwas abgeholt oder deponiert. Als Nächstes werden sie sich mit jemandem treffen, womöglich mit diesen Tatverdächtigen von der organisierten Kriminalität, die unsere Kollegen in NRW so genau auf dem Fahndungsschirm haben.«

Drusche nahm das Handy näher zu sich heran, weil ein Signalton den Eingang einer Nachricht meldete.

»Herr Staatsanwalt, soeben haben unsere Abhörgeräte eine SMS empfangen, vermutlich ein Code-Wort, nämlich Eilenhaus.

Vielleicht heißt das, dass sie jetzt besonders schnell fahren werden, im Eiltempo nach Hause. Tatsächlich, hier, sie haben den Wagen deutlich beschleunigt«, fügte Drusche hinzu und streckte wieder den Arm mit dem Handy aus, sodass jeder das vermeintliche Codewort Eilenhaus lesen konnte.

Hauptkommissar Verding, der zeigen wollte, dass er sich in der Region gut auskennt, gab eine andere Deutung:

»Eilenhaus, dass kann auch der Ort sein, an dem sie sich verabredet haben. Es ist ein verlassener Gutshof hinter dem Dörfchen Köhlersgrund, etwa 9 Kilometer von hier. Ein Ort mit viel Geschichte.

Vor über 400 Jahren lebte dort der Graf von Waldeck. Der Weg dorthin führt über eine Landstraße durch den Wald und dann durch ein liebliches Flusstal.«

Drusche guckte wieder wie gebannt auf sein Smartphone: »Sie können Recht haben. Hier, jetzt verlassen sie tatsächlich ...»

Er machte eine kurze Pause, weil er dieses Wort `tatsächlich´ liebte, weil er das Faktische vor jeder allgemeinen Erörterung bevorzugte.

»Also, tatsächlich, sie verlassen den Ort Rhoden über die Helmighäuser Straße.»

Staatsanwalt Lecksus ließ sich nicht aus der Ruhe bringen: »Dann eben das Gut Eilenhaus.«

Er blickte auf seine Rolex Armbanduhr und fuhr hastig fort: »Ich muss mich jetzt entschuldigen. Mein Kollege aus NRW wartet bestimmt schon in der Raststätte. Sie können die Verfolgung fortsetzen. Bleiben Sie wieder unauffällig an ihnen dran.»

Bevor sie sich versahen, öffnete er die Tür, stieg aus, schritt zur Raststätte und verschwand im Restaurant.

Susanna war überrascht: »Der war aber schnell weg!« Er hatte nichts zu ihr gesagt. Also sollte sie mit den beiden Beamten weiter mitfahren. Hatte er vergessen, dass es gefährlich werden konnte?

Verding schien ihre Beunruhigung bemerkt zu haben: »Seien Sie unbesorgt. Wir passen schon auf, dass sie in keinen Kugelhagen kommen. Los, Drusche, Abfahrt und auf nach Köhlersgrund!«

12. Doppeltes Spiel

»Womit rechnest du, Kröger? Kriegen wir im Gutshof von Eilenhaus einen fleißigen Künstler zu sehen, der das Denkmal von Kaiser Wilhelm I. modelliert? Oder gibt es Überraschungen?«, fragte Walkner seinen etwas nachdenklich gewordenen Kollegen, der nur zögerlich antwortete.

»Ich denke, wir müssen mit allem rechnen. Wer weiß, was diesen Künstler gerade antreibt. Vielleicht hat er Besuch von seinen Mitstudenten aus Kassel. Oder er ist ganz alleine. Es kann auch sein, dass er mit Freunden eine Installation vorbereitet oder eine Performance. Vielleicht zerschlagen sie gerade ein Werk der Volkskunst. Zerstören und neu schaffen, das ist der Slogan, der zurzeit viele Kunststudenten inspiriert.«

»Du willst sagen, Hauptsache provozieren und mit einer Performance so richtig die Sau rauslassen. Am besten ein paar gutaussehende nackte Studentinnen, die sich mit Fett und Filz beschmieren und vielleicht noch unsere Nachtwächterfigur umarmen und abküssen. Dann haben sie ihre Show mit Provokation und kommen in die Presse.«

»Walkner, du hast zu viel Phantasie. – Achtung, pass auf, da kommt eine scharfe Kurve!«

Kröger dachte: »Eigentlich fährt er ganz vernünftig, nachdem er gut gefrühstückt hat.«

Die Fahrt durch das schöne nordhessische Bergland mit seinen sanften Hügeln, kleinen landwirtschaftlichen Parzellen und abwechslungsreichen Waldstücken hatte ihm sehr gefallen. Er musste an seine Bundeswehrzeit denken, als er gelegentlich aus dem öden Kasernenalltag flüchtete und mit seinem Fahrer über Land fuhr zu einer Kilometer-Angleichungsfahrt, wie es dienstlich hieß, obgleich man auch Zeit-Totschlagen-Fahrt hätte sagen können.

Während ihr Wagen langsam ins Tal rollte und sie sich einer weiteren Kurve näherten, hupte es plötzlich hinter ihnen. Offenbar wollte jemand überholen.

Es war ein flotter Kleinwagen, ein knallroter Mini-Cooper mit geöffnetem Verdeck, der sich in Anbetracht der engen Landstraße in einem Wahnsinnstempo näherte, dicht auffuhr und darauf bestand, noch vor der nächsten Kurve zu überholen. Sie sollten Platz machen, es hupte wieder. Sie ließen den Wagen vorbei, nicht ohne ein paar deftige Flüche von Walkner, die Kröger mit den Worten kommentiert:

»Das war nicht stubenrein und auch nicht politisch korrekt. Im Internet würden dich die neuen Hassfilter sofort sperren.«

»Und du, pass nur auf, dass sie dich nicht wegen zu viel Theorie und zu wenig praktischer Tauglichkeit einmal einsperren.«

Walkner grinste und konzentrierte sich voll auf die Straße.

Kaum war der kleine Flitzer hinter der Kurve vor Ihnen verschwunden, konnten sie beide vor Staunen kaum den Mund zubekommen.

»Kröger, hast du das gesehen? Spinne ich etwa? Das war doch die geile Kunststudentin aus Wien, die ich dir in der Fußgängerzone gezeigt habe.«

»Stimmt, die war es. Fräulein Sylvia Kranack.«

»Siehste, Kröger, was ich dir gesagt habe. Eine schöne Frau kreuzt deinen Weg und das fällt dir auf. Denk an die Karteikarten in der Zentrale. Dafür müssen wir wissen, was die Adoptivtochter von Immobilienmakler Wertenbrecker hier macht. Wen will sie treffen?«

»Die Frage dürfte leicht zu beantworten sein. Sie trifft sich in Köhlersgrund mit dem Kunststudenten aus Kassel.

Wir sind gleich da. Da vorne kommt schon die Revierförsterei. Fahr dahinten in den Waldweg, dann gehen wir zu Fuß rüber zum Gutshof.«

Walkner nickte: »Okay« und steuerte den Wagen zu der vorgeschlagenen Stelle am Wald.

Sie stiegen aus, wobei sie die Türen möglichst geräuschlos zu schließen versuchten, was ihnen bis auf ein sanftes Klacken auch gelang. Walkner raunte seinem Kollegen zu:

»Ein braver Detektiv des Büros Fuchser begibt sich nicht in Gefahr, er greift nicht in das Geschehen ein, sondern beobachtet, auch wenn es Stunden dauert.«

Damit war Kröger vollständig einverstanden.

Er schlug vor, im Schutz von Bäumen und Buschwerk eine gute Beobachtungsposition einzunehmen, um den Gutshof im Blickfeld zu haben.

Neben einem der Stallgebäude, das dem Verfall preisgegeben war, entdeckten sie den roten Mini Cooper, von dem sie vor kurzem noch so verkehrswidrig überholt worden waren.

Die junge Fahrerin kam gerade aus dem stark heruntergekommen, aber immer noch ziemlich imposanten Herrenhaus die Eingangstreppe herunter. Ihr langes, blondes Haar leuchtete in einem der wenigen

Lichtstrahlen, die der wolkenverhangene Herbsthimmel gerade einmal durchließ.

Sie trug dieselben feinen Lederstiefel, die Walkner aufgefallen war, als er sie in der Fußgängerzone der Stadt bewundert hatte. Walkner sah mit Sorge, dass sie gleich durch den Matsch gehen musste.

Sie suchte auf dem schmutzigen Weg vom Herrenhaus bis zu den schäbigen alten Stallgebäuden Schritt für Schritt die besten, von Schlamm freien Stellen und kam daher nur langsam voran. Walkner hatte seinen kleinen Feldstecher vor den Augen und fand es eine Augenweide, sie zu beobachten.

Leider verschwand sie zu schnell in dem Nebengebäude, wo ihr Wagen geparkt war.

Bevor die beiden Detektive überlegen konnten, ob sie sich näher heranpirschen sollten, erschien plötzlich eine schwarze Limousine, die vom Dorf Köhlersgrund her mit viel zu hoher Geschwindigkeit angebraust kam. Der Wagen machte vor dem Herrenhaus stark bremsend halt. Es war ein dunkelfarbiger 300er Mercedes der alten E-Klasse.

Die Wagentüren wurden aufgestoßen und drei Männer mit südländischem Teint stiegen aus.

Einer trug einen weißen Panama Strohhut und einen dunklen Anzug; er war der Ältere, vermutlich der Boss.

Die beiden anderen, Fahrer und Beifahren, waren deutlich jüngere Gestalten, sportlich in den Bewegungen, bekleidet mit Tennisschuhen, Jeans und Tarnjacken.

Die Männer wirkten nervös, weil sie sich immer wieder vorsichtig nach allen Seiten umsahen. Sie blickten an dem mit Moos und Flechten bewachsenen Herrenhaus hoch, und als einer der beiden jüngeren an die Türe geklopft hatte und keinerlei Antwort bekam, begaben sie sich auf den matschigen Wirtschaftsweg neben dem Haus, gingen an einem alten Bauernwagen mit zerbrochenen Holzspeichenrädern vorbei und gelangten zu den ehemaligen Wirtschaftsgebäuden, die einst als Stallungen dienten. Eines der Nebengebäude war offenbar vollkommen dem Verfall preisgegeben. Es hatte über die Jahre schon seine Fenster eingebüßt.

Die drei Männer verschwanden in dem zweiten, noch intakt aussehenden Gebäude, in das auch die Kunststudentin gehuscht war.

Walkner und Kröger warteten. Nichts passierte. Sie warteten weiter.

»Kröger, mir wird das Warten zu lang. Was machen die drei bloß mit der hübschen Frau da drinnen? Komm, wir gucken mal nach.«

»Einverstanden, aber mit aller Vorsicht! Unsere Aufgabe ist das Beobachten und das Sammeln von Informationen, ohne einzugreifen.«

»Nur keine weichen Knie kriegen, Kröger! Wir gehen von der anderen Seite am Herrenhaus vorbei an das Objekt ran. Du bleibst mit Abstand hinter mir, sicherst mich und behältst die Zufahrtswege im Auge.«

Zuerst liefen sie geduckt zum Herrenhaus hinüber, wobei sie versuchten, nicht allzu auffällig zu erscheinen. Da niemand im Bereich der Nebengebäude zu sehen war, schlichen sie behutsam weiter, nutzten die Deckung von Bäumen und Büschen und erreichten das alte Stallgebäude. Fräulein Karnack und die drei Männer aus dem dunklen Mercedes mussten da drin sein.

Verabredungsgemäß sprang Walkner zuerst an das Gebäude heran, blickte kurz durch eines der Fenster, die im oberen Bereich jeweils einen auf Kipp gestellten Flügel hatten, und winkte dann Kröger herbei. Der sollte ebenfalls sehen, was drinnen los war. Er selbst setzte sich wieder nach hinten ab, damit er etwas mehr Abstand besser sichern konnte.

Kröger glaubte seinen Augen nicht zu trauen, als er vorsichtig durch das Fenster lugte: Da stand die große Bronzestatue des Nachtwächters, daneben ein Abguss aus Gips.

Was ihn erschrak, war der Anblick der jungen Frau Kranack. Sie saß eingeschüchtert auf einem alten Sofa inmitten der beiden jüngeren Männer in Militärjacken. Sie wurde offenbar wie zu einem Verhör gefangen gehalten, denn der Boss der beiden Bewacher saß breitbeinig auf einem Stuhl vor der Gruppe und befragte das Mädchen auf grobe Weise:

»Wo bleibt dein Scheich? Um 12 Uhr sollte er mit dem kleinen Schrott-Scheißer hier sein. Warum sehe ich ihren Lieferwagen nicht, häh?«

Er rückte ihr bedrohlich und mit finsterer Miene näher.

Lydia Kranack antwortete mit flehender Stimme: »Gedulden Sie sich doch etwas. Adam hat mir vorhin eine SMS geschickt. Adam Zenn. Er muss jeden Augenblick mit dem gemieteten Lieferwagen hier sein, Wiesbadener Nummer, weiß, unauffällig, genauso wie abgemacht. Radu Logan fährt.«

»Und du hast auch nichts an die Bullen verraten, hoffe ich. Sonst ...«

Er machte eine eindeutige Geste, die zeigen sollte, dass sie dann ans Messer käme.

Kröger wandte sich ab, trat unauffällig zurück und signalisierte Walkner, ihm zu folgen.

»Wir müssen sofort Hilfe holen«, flüsterte er. -

»Ja, die Kleine ist in ihren Händen. Sie ist ihre Geisel. Los, schnell zurück zum Wagen, dann telefonieren wir mit der Zentrale.«

Es gelang ihnen, unbemerkt zum Auto zu kommen. Kröger rief das Detektivbüro Fuchser an und erklärte dem Chef die Situation. Der »Oberst« wusste sofort, wer mit dem Vornamen Adam gemeint war:

»Das ist der Kunststudent aus Kassel, Adam Zenn, wie wir von unserem Datenexperten wissen. Und der Nachtwächter steht in seinem Atelier im Gutshof Eilenhaus? Eine prächtige Überraschung. Ich verständige sofort die Polizei. Vielleicht gibt das einen doppelten Fang: Unsere Nachtwächterfigur kommt zurück und die Diebesbande wird gefasst.«

»Ja, Herr Starowitz, die Polizei herbeirufen, aber bitte versuchen Sie die Arolser Polizeistation einzuschalten. Denn ihre Leute könnten noch rechtzeitig den weißen Lieferwagen abfangen und verhindern, dass der junge Künstler aus Kassel der Diebesbande direkt in die Arme läuft.«

»Danke, Dr. Kröger, ich will sehen, was ich tun kann. Bleiben Sie vor Ort, vielleicht lässt es sich verhindern, dass dem Mädchen etwas passiert.«

Es dauerte nur wenige Minuten, bis die Kollegen von der Polizeistation Arolsen ihren Hauptkommissar informiert hatten. Verding folgte immer noch dem weißen Lieferwagen, der vor ihnen auf dem Weg nach Köhlersgrund war. Verding fragte sich, ob es jetzt nicht an der Zeit wäre, die Tatverdächtigen zu stoppen. Aber da meldete sich Staatsanwalt Lecksus im Polizeifunk:

»Verding, wir haben sie in der Falle. Lassen Sie den Lieferwagen bis Köhlersgrund fahren. Fünf Funkstreifen sind im Einsatz, alle so aufgestellt, dass es kein Entrinnen gibt.«

»Ich hoffe, die Kollegen aus Nordrhein-Westfalen sind mit dabei.«

»Keine Sorge, Herr Verding, zwei Wagen sind aus Nordrhein-Westfalen. Immerhin liegt der Ort fast genau an der Landesgrenze von Hessen und NRW. Die Kollegen aus NRW sind auf einer ganz heißen Spur, sie glauben, dass ein Tatverdächtiger aus der obersten Führungsriege des organisierten Metalldiebstahls dabei ist.«

»Was soll ich mit dem weißen Lieferwagen machen, den wir seit unserer Abfahrt in Kassel verfolgt haben?«

»Der wird gleich in Köhlersgrund von einer Funkstreife, und zwar von Ihren Arolser Kollegen, gestoppt. Dann kommen Sie hinzu und nehmen sich den Kunststudenten Adam Zenn vor. Nehmen Sie ihn wegen des Verdachts auf Mitgliedschaft in einer kriminellen Vereinigung vorläufig fest!«

»Und was machen wir mit dem Gehilfen des getöteten Schrotthändlers?«

»Genauso festnehmen! Den können Ihre Kollegen mitnehmen und im Arolser Kommissariat gründlich befragen.«

»Und das Mädchen?«

»Auch festnehmen und in einen Streifenwagen stecken; verhören. Nur um die Leute in der schwarzen Mercedes Limousine brauchen Sie sich nicht zu kümmern. Die Kollegen aus NRW bereiten ihnen einen besonderen Empfang.«

»Alles klar, Herr Staatsanwalt.«

Jeder im Wagen hatte das Telefonat mitgehört.

Susanna Kröger war erschrocken, als sie den Namen Adam Zenn hörte.

Adam, der mitfühlende Dolmetscher bei der Vernehmung von Rumänisch Sprechenden;

Adam, der sympathische Kunststudent; der schlaue `documenta´-Künstler, der sie am Wochenende so verzaubert hatte. Adam Zenn?

Sie fragte: »Was, der zweite Mann im Lieferwagen ist Adam Zenn, der Kunststudent aus Kassel, der gelegentlich als vereidigter Dolmetscher tätig ist?«

»Ja, Frau Kröger, der ist es«, antwortete Verding und wunderte sich, dass die junge Referendarin in ihrer Betroffenheit die Hände vors Gesicht nahm.

Seinen Kollegen, Polizeimeister Drusche, berührte das wenig, zumal er sich kaum für Details interessierte. Er brauchte in der Sache keine weiteren Einzelheiten mehr. Ihm war nach dem Telefonat ganz klar, was zu tun war: Gas geben und so schnell wie möglich den Lieferwagen erreichen.

In wenigen Minuten erreichten sie Köhlersgrund, wo die Beamten von der Arolser Polizeistation gerade dabei waren, die Papiere der beiden Männer im Lieferwagen zu überprüfen.

Verding grüßte kurz und schaltete sich als Vorgesetzter der übrigen Beamten ein und ließ die beiden verfolgten Männer vorübergehend festnehmen.

Eine Durchsuchung der Personen ergab, dass sie unbewaffnet waren und dass nichts Ungewöhnliches von ihnen mitgeführt wurde. Über eine kleine Portion Marihuana für den Eigengebrauch in Adams Jackentasche konnte man hinwegsehen.

Die beiden wurden jeweils in einen Streifenwagen gesetzt, wo man sie verhörte.

Die gleichzeitig vorgenommene Durchsuchung des Lieferwagens ergab, dass er fast vollkommen leer war, bis auf einen kleinen Aluminiumkoffer.

13. Eine Performance

Inzwischen hatte such Kröger sich wieder an seinen Beobachtungsort hinter das Stallgebäude geschlichen, von wo aus er durch das Fenster sowohl sehen als auch hören konnte, was drinnen vor sich ging.

Die Lage hatte sich für Lydia Kranack etwas entspannt, denn der Mann mit Panama-Strohhut und einer seiner Gehilfen hatten den Raum verlassen.

Sie saß immer noch auf dem Sofa, aber der sie bewachende Typ hatte vor ihr auf dem Stuhl Platz genommen, wo soeben noch sein Boss gesessen hatte.

Er schaute sie mit seinen dunklen Augen durchdringend an, aber nicht aggressiv, denn er lächelte, was sie freundlich erwiderte, zumal er versuchte, ihr etwas auf Rumänisch mitzuteilen. Leider verstand sie nichts. Sie zeigte auf die mächtig dastehende Nachtwächterfigur, weil sie dachte, ihren Bewacher bei guter Laune zu halten, wenn er ihre Kunst-Installation kennenlernen würde. Willig drehte er sich um und betrachtete grinsend den Nachtwächter.

Kröger hatte den Eindruck, die schöne Frau sei gerade im Begriff, den Mann mit ihrem Charme für sich einzunehmen. Die Kommunikation zwischen den beiden hatte etwas Leichtes bekommen, was gelegentlich auch zwischen Fremden in einem stillen Einverständnis entsteht, wenn es gilt, eine langweilig werdende Wartezeit durch etwas Spielerisches zu verkürzen. So sahen sich in dieser Konfrontation zwei völlig gegensätzlich geartete Personen: Hier der etwas grob und unsicher zugleich wirkende Bursche aus irgendeinem armen Dorf auf dem Balkan und dort die weltstädtisch gewandte und sehr gut aussehende Studentin.

Lydia lächelte ihn jetzt viel freundlicher an als nötig, nahm ihr Smartphone, vergewisserte sich noch einmal lächelnd, ob er ihre Handlung zulassen würde, wobei sie signalisierte, dass sie nicht telefonieren würde: »No telephone, okay?«. Darauf erwiderte er: »Okay, nix Telefon, okay.«

Lydia entlockte ihrem Handy eine einfache Erkennungsmelodie und drückte dann die Taste für den Beginn der Nachwächter-Installation.

Plötzlich donnerte eine tiefe Männerstimme aus der Bronzestatue heraus, theatralisch und äußerst kraftvoll dröhnte es:

»Zu Hilfe, der Nachtwächter will mich entleiben!« Tatsächlich bin ich gut zu stehen gekommen und habe meine Hellebarde angriffsbereit in den Händen und sage:

`Niemand will dich töten, leg die Lanze hin und ergib dich!´«

Das erschreckte den einfachen Burschen vom Balkan gewaltig. Der Schreck war ihm so in die Glieder gefahren, dass er mit Hilfe suchendem Blick zur Tür schaute. Aber weil da niemand war, bekam er es mit der Angst zu tun und beschloss zu flüchten. Blitzschnell rannte er zur Tür und nach draußen.

Lydia atmete auf. »Mein Gott, der Pulverkopf aus dem Spätmittelalter hat ihn verjagt!«

Kröger hatte das Ereignis von seiner heimlichen Beobachtungsstelle am Fenster mitverfolgt. Als er hörte, wie seine eigene Stimme aus Lydias Nachtwächter-Installation heraus dröhnte, erschrak er zunächst; aber nicht, weil er wie der geflüchtete Metalldieb einen Geist vermutete, sondern weil er sich sagte: »O Gott, jetzt bin ich ja selbst ein Teil der ganzen Geschichte! Dr. Kröger, Privatdetektiv im Auftrag des Büros Fuchser, verwickelt in die Nachtwächtergeschichte, weil er der schönen Frau auf den Leim ging!«

Nachdem der Metalldieb die Flucht ergriffen und in Richtung Herrenhaus verschwunden war, rannte Kröger zur offenen Tür des Stallgebäudes.

In diesem Augenblick vernahm Lydia Kranack wieder die tiefe Männerstimme, aber nicht mit dem Text, den sie dem Nachtwächter durch Dr. Krögers Tonbandaufnahme verpasst hatte. Die Stimme sprach auch nicht aus dem Nachtwächter heraus. Im ersten Moment dachte sie, ihre Installation habe sich selbstständig gemacht oder sei manipuliert worden.

»War das etwa Dr. Willi Kröger persönlich?« Für sie: Willi Kröger, ohne den Doktor, wie es seit ihrem letzten Zusammentreffen abgemacht war. Kein Zweifel, Kröger rief ihr zu:

»Lydia, wir haben alles unter Kontrolle. Seien Sie unbesorgt. Sie sind gleich in Sicherheit. Draußen steht mein Kollege mit jeder Menge Polizeiverstärkung. Kommen Sie, wir gehen zum Wagen.«

Er öffnete die Tür, und als sie draußen waren, fiel plötzlich drüben am Herrenhaus ein Schuss.

Unwillkürlich duckten sich Kröger und Frau Kranack und suchten Schutz hinter dem neben dem Stall geparkten Mini-Cooper.

Vorsichtig Ausschau haltend, wurden sie Zeuge einer spektakulären Festnahme.

Zuerst das kurze, laute Gebrüll einer gut trainierten Einsatzgruppe, dann lagen der Mann mit dem Strohhut und seine beiden

Gehilfen auf dem Boden, jeder die Hände auf dem Rücken. Ein Sondereinsatzkommando aus NRW hatte sie umringt. Dazu kamen weitere bewaffnete Beamten aus vier Streifenwagen.

14. Geständnis

Als sich die Situation beruhigt hatte und die drei Festgenommenen, allesamt polizeibekannte Mitglieder einer kriminellen Bande aus NRW, abtransportiert waren, fuhr Verding mit seinem Einsatzwagen heran. Susanna Kröger saß als Beifahrerin neben Polizeimeister Drusche, und auf dem Rücksitz Kommissar Verding mit dem festgenommen Adam Zenn.

Susannas Anwesenheit war dem Kunststudenten peinlich. Weder er noch sie hatten mit diesem Zusammentreffen gerechnet. Ihn hatte seine polizeiliche Festnahme erschrocken und innerlich aufgewühlt. Da er nicht wusste, was die an der Entwendung der Nachtwächterfigur Beteiligten aussagen würden und da er befürchtete, er könnte mehr als nötig belastet werden, entschloss er sich, die Flucht nach vorne anzutreten. Er wollte ein Geständnis ablegen. Damit wollte er auch Susanna gegenüber beweisen, dass er nicht auf der Seite der Kriminellen stand.

Ja, er habe zusammen mit dem Kasseler Schrotthändler und seinem Gehilfen die Bronzestatue in der Fußgängerzone mit einem Traktor aus dem Straßenpflaster gehoben und in den weißen Lieferwagen geladen.

Der Wagen sei derselbe, den er jetzt benutzte, um seinen Gipsabdruck nach Athen auf die `documenta´ zu transportieren. Es sei der Mietwagen eines großen Autoverleihers.

Seine Freundin, Lydia Kranack, Kunststudentin aus Wien, habe ihn auf seiner Fahrt nach Athen begleiten sollen.

Er habe mit ihr zusammengearbeitet, weil sie beide jeweils ein Nachtwächterprojekt hatten: Er selbst mit seinem Gipsabdruck für die Ausstellung auf der `documenta´ in Athen, sie dagegen mit ihrem Plan, die Bronzeskulptur in der Fußgängerzone für eine Installation zu präparieren, damit der Nachtwächter über das Internet zu den Menschen sprechen würde.

Verding fragte nach der Rolle der Metall-Mafia in diesem »einzigartigen Kunstprojekt«, wie er nicht ohne Ironie formulierte.

Ja, der getötete Schrotthändler habe die Nachtwächterfigur an die Metall-Mafia in NRW verkaufen wollen. Aber der Schrotthändler sei erpresst worden.

Dann wurde der geständige, tatverdächtige Adam Zenn emotional und sprach erregt über seine eigene Rolle in dem Spiel.

»Ich wusste, dass Jerwin drauf und dran war, die Bronzefigur an die Metall-Mafia zu übergeben. Das wäre sein Einstieg in einen größeren Beutezug der Bande geworden, denn sie wollten Bronzefiguren aus ganz Nordhessen abräumen.

Ich habe versucht zu verhindern, dass die Nachtwächterfigur an die Mafia ausgeliefert wurde. Ich wollte den Schrotthändler schützen, denn er war eine ehrliche Haut. Und ich wollte das Kunstobjekt Nachtwächter retten.«

Verding unterbrach ihn leicht vorwurfsvoll mit der Frage: »Und sie wollten vor allem Ihr doppeltes Spiel mit dem Nachtwächter retten, das Kunstprojekt von Frau Kranack und Ihr eigenes.

Stimmt 's?"

Adam Zenn wich aus: »Fakt ist, ich habe den Nachtwächter gerettet und es wäre mir fast gelungen, den Schrotthändler zu schützen. Leider konnte ich nicht wissen, dass er in seiner aufbrausenden Art mit der Mafia in Streit geraten und getötet würde.

Er war ein Pulverkopp, genauso leicht erregbar wie es überliefert ist über die Nachtwächter im Spätmittelalter. Sie waren von einfachem Verstand, tranken gerne einen Branntwein und waren leicht angreifbar in der Würde ihres Amtes.

Ich habe ihm die Nachtwächter-Skulptur abgekauft. Genug Geld hatte ich ja, und zwar aus den Händen der `documenta´-Geschäftsführung in Kassel. Bar in die Hand hatten sie mir 50 000,- Euro gegeben für mein Projekt auf der Parallel-`documenta´ in Griechenland.

Radu Logan, übrigens, der Gehilfe des Schrotthändlers Euronescou, war am Tatort nicht dabei. Er half mir mit der schweren Nachtwächterfigur in meinem Atelier auf Gut Eilenhausen.«

»Und wie lief das nun mit dem Nachtwächter ab?«, wollte Verding wissen.

»Ganz einfach, ich gab Jerwin 15 000 Euro. Die sollte er der Mafia bei seinem Treffen in Diemelstadt zahlen. Dafür behielt ich den Nachtwächter in meinem Atelier auf Gut Eilenhausen.«

»Und warum habt ihr eure Fahrt in Diemelstadt unterbrochen und seid mit dem Lieferwagen nach Alt-Rhoden an die Kirchenruine gefahren?«, wollte Verding wissen.

»Weil die Mafia den armen Radu Logan zum ersten Mal als Kurier benutzen wollte. Er sollte einen Aktenkoffer aus Metall abholen und mit nach Kassel nehmen.«

«Weißt du, was in dem Koffer drin ist?«

«Nein, das haben sie ihm nicht gesagt. Ich könnte mir denken, dass es um Drogen geht.

Jedenfalls hat Radu den Koffer aus purer Angst vor Repressalien mitgenommen. Wie er mir sagte, hatten sie ihn gehörig eingeschüchtert. Er hatte Todesängste.«

15. Gute Nachrichten

Verdings Handy summte. Ein Blick, und er sah, dass es der Staatsanwalt war, der mit seinem Kollegen aus NRW den perfekten Einsatz des Sondereinsatzkommandos koordiniert hatte. Verding stieg aus und machte ein paar Schritte vom Fahrzeug weg, um ungestört zu telefonieren.

«Wie sieht 's aus, Herr Verding? Von NRW hab ich bereits gehört, dass der Einsatz des SEK ein voller Erfolg war, ja eine Sensation, denn der dicke Fisch zappelt im Netz. Der Tatverdächtige mit dem Panama-Hut ist eine lange gesuchte Führungsfigur der Metallbande. Seine beiden Gehilfen haben gegen ihn ausgesagt. Kronzeugenregelung, Sie verstehen schon. Er hat sogar gestanden, dass er mit dem verstorbenen Schrotthändler an der Autobahnraststätte aneinandergeraten war. Ich denke, das wird auf Totschlag hinauslaufen.«

«Danke, Herr Staatsanwalt für diese guten Nachrichten. Auch bei uns ist alles hervorragend gelaufen. Wir haben die Nachtwächter-Skulptur wieder und dazu noch eine tolle Geschichte von unserem Kasseler Kunststudenten Adam Zenn. Er hat mir alles erzählt, was sein Kunstprojekt angeht und seine Beteiligung am Diebstahl des

Nachtwächters. Im Grunde hatten er und seine Freundin aus Wien die Figur nur ausgeliehen, um einen Gipsabdruck und eine Installation zu machen.

Aber ungeklärt ist noch ein kleiner Metallkoffer, den sie an der Kirchenruine in Alt-Rhoden an Bord genommen haben. Die Mafia soll den Schrotthändler-Gehilfen Logan erpresst haben. Vermutlich sollte er als Kurier für einen Drogentransport eingespannt werden.«

«Herr Verding, das hört sich ja prima an. Lassen Sie den Metallkoffer schön ungeöffnet und bringen Sie ihn mit, wenn wir heute Nachmittag zurück zum Kasseler Präsidium fahren.

Vor allem: Bitte nichts an die Presse über Drogen! Wir ermitteln in dieser Sache noch etwas länger und wollen nichts überstürzen.

Wichtig ist jetzt, dass der Nachtwächter zurück ins Städtchen kommt. Die Presse hat genug Stoff für einen Sensationsbericht: Ein ganz großer Schlag ist gegen die Metallmafia gelungen. Das ist auch eine gute Nachricht, die vor den anstehenden Wahlen sehr genehm kommt.«

«Ich verstehe. Bleibt es denn auch bei den Festnahmen der Tatverdächtigen Zenn, Logan und Kranack?«, frage Verding.

«Nein, die lassen wir frei. Es besteht keine Fluchtgefahr und sie werden sich einer gerichtlichen Überprüfung ihrer Kunstaktionen nicht entziehen.«

Verding konnte sich eine spitze Bemerkung nicht verkneifen:

«Ob es aber im Sinne der Politik ist, wenn die großzügige staatliche Versorgung der `documenta´-Kunst mit Bargeld ans Licht kommt? Entsprechende Ermittlungen werden hoffentlich nicht verschleppt.«

«Herr Verding, wo denken Sie hin? Sie zweifeln doch nicht etwa an unserer Arbeit im Rechts-staat?«

«Schon gut, Herr Staatsanwalt, ich habe ja bloß mal laut gedacht. Dann lass ich Logan und Zenn mit dem Lieferwagen wieder nach Kassel fahren, wo sie sich bereit halten sollen für eine weitere Vernehmung im Polizeipräsidium.

Die Kunststudentin, Frau Lydia Kranack, ist ja wohl auch wieder auf freien Fuß zu stellen.

Herr Staatsantwalt, wir haben da noch die beiden Privatdetektive von der Detektei Fuchser. Sie haben sich verdient gemacht. Dr. Kröger hat sogar den Metalldieb vertrieben, der die schöne Kunststudentin im Stallgebäude festhielt. Die können sich ja mal stark machen für die Heimholung des Pulverkopps, der schönen Bronzestatue.«

«Richtig, Herr Verding. Danken Sie den beiden Privaten für ihren Einsatz. Die können sich mit der Rückführung der Bronzestatue befassen. Dann hat die Detektei eine schöne Aufgabe, die eine gute Presse bescheren dürfte.«

Damit endete das Telefonat und der Kommissar nahm wieder seinen Platz im Wagen ein.

Die Referendarin hatte gerade das Auto verlassen, um ihren Vater zu begrüßen. Sie rannte Kröger entgegen, der sie in die Arme schloss. Wie froh sie beide waren, dass alles ein so gutes Ende hatte!

«Pass gut auf dich auf!«, rief er ihr zu, als sie wieder ins Auto einstieg, um mit ihren Kollegen nach Kassel zurückzufahren.«

Als er zu seinem Fahrzeug ging, in dem Walkner schon ungeduldig mit knurrendem Magen wartete, hielt der rote Mini-Cooper neben ihm. Lydia lachte ihn charmant an und sagte:

«Herr Kröger, Sie haben mir das Leben gerettet und mich aus den Händen dieses Gangsters befreit! Danke, und auf ein Wiedersehen im Stadtarchiv!«

Sie zwinkerte ihm vielsagend zu, gab Gas und brauste mit ihrem roten Flitzer davon.

Lächelnd griff Kröger in seine Jackentasche, holte ein Tütchen hervor, in dem sich ein blondes Frauenhaar befand. Es war sein Indizienbeweis für die Mittäterschaft einer Frau am Diebstahl des Nachtwächters. Er schüttelte das Tütchen, pustete und ließ das Haar mit Absicht verloren gehen.

16. Gute Presse

Am nächsten Morgen, als Kröger sich zu seinem Frühstück mit Tee an den kleinen, mit einem blauen Wachstuch bedeckten Küchentisch setzte und die Lokalzeitung aufschlug, überraschte ihn der Aufmacher auf der Titelseite mit einem Foto der Nachtwächterstatue:

«Der Pulverkopp ist zurück. - Metalldiebe in Köhlersgrund gestellt.

Dem als Privatdetektiv tätigen Archäologen Dr. Willi Kröger gelang es am Montag gegen Mittag die 19-jährige Lydia Kranack, Kunststudentin in Wien, aus den Händen eines Gewalttäters zu befreien.

Der etwa zwanzigjährige Tatverdächtige hatte die junge Frau auf einem verlassenen Gutshof in Köhlersgrund bei ihrer Arbeit an einem Kunstprojekt (Nachtwächter Pulverkopp) überrascht und sie für kurze Zeit gefangen gehalten. Als der Privatdetektiv in den Raum stürmte, ergriff der Mann die Flucht. Er wurde kurze Zeit später zusammen mit zwei weiteren Komplizen von einem Sondereinsatzkommando der Polizei gestellt und festgenommen.

Unter den Festgenommenen befand sich auch der mutmaßliche Chef einer Bande, die seit vielen Jahren von Dortmund aus Metalldiebstähle in Westfalen und Nordhessen organisiert hatte.

Inzwischen ist dank eines Spezialeinsatzes der Firma Fuchser, Detektei und Sicherheitsdienste, unser Pulverkopp, die schöne Statue unseres historischen Nachtwächters, wieder zurück in der Stadt.«

Kröger wollte gerade zum Telefon greifen, um Susanna auf den Zeitungsartikel hinzuweisen, als sein Apparat klingelte und sich das Detektivbüro Fuchser meldete. Er wurde zum Oberst durchgestellt.

«Guten Morgen, hier Starowitz. Gratuliere, Herr Dr. Kröger. Der Fall Pulverkopp ist auf die allerbeste Weise für unser Büro zu Ende gegangen. Haben Sie den Artikel in der Zeitung schon gelesen?«

«Danke, Herr Starowitz. Ja, natürlich. Die Rolle der Kunststudentin ist darin vielleicht ein bisschen zu kurz gekommen.«

«Nein, Herr Dr. Kröger. Lassen Sie um Gottes Willen das Fräulein Kranack möglichst ganz aus dem Spiel. Ihr Vater hat schon angerufen und gefragt, ob wir was machen könnten. Er ist einer unserer besten Kunden, wissen Sie. Also, Lydia Kranack völlig außen vor lassen. Es reicht schon, dass wir sie in unserer Kartei haben«, lachte er.

«Ich verstehe, Herr Starowitz.«

Kröger schmunzelte und stellte zufrieden das Telefon zurück. Er war froh, dass er seinen Indizienbeweis, das blonde Frauenhaar, entsorgt hatte. Später, wenn er die Geschichte in seinem Roman aufrollen würde, wollte er darauf zurückkommen. Und er wusste auch schon, dass sein Roman mit den Worten des Nachtwächters aus der alten Urkunde beginnen würde, die wir hier in leicht geänderter Form wiedergeben:

«Deshalb danke ich, dass ich geladen war, die Wahrheit zu erzählen. Es ging um eine schändliche Tat, begangen in der Finsternis der Stadt.»